JN254755

ラブ♡アクシデント

目次

ラブ♡アクシデント

一　衝撃の目覚め

夢の中で声がする。

「瑠衣《るい》……」

肌を滑る指が気持ちいいところに触れる度に、私はビクビクと体を震わせ感じてしまう。

なんだろう……この夢すごくリアル。だって、少し汗ばんだ肌と肌が密着する感触までばっちり伝わってくるんだもの。

あまりの気持ちよさに、私の口から思っていることがぽろりと零《こぼ》れてしまう。

「……もっと、もっとして……」

「いいよ」

その人は私のおねだりをあっさり聞き入れてくれる。

肌の温もりが恋しくて、自分から相手の首に腕を回し引き寄せた。そのまま唇を合わせて舌を絡《から》める。

「ふう……ん」

キスに応えるように侵入してきた熱い舌が、私の舌を吸い口腔《こうこう》を荒々しく舐《な》め回していく。

「……気持ちいい？」

ほんの少し唇を離して囁《ささや》かれ、私は素直に頷いた。

チュッチュッと啄《ついば》むみたいなキスを繰り返される一方で、相手の手が私の股間に触れる。

その手に敏感な場所をそっと撫でられた瞬間、ビクンと腰が跳ねた。

「あっ……」

相手の指が何度も私の秘裂を往復する。その度に敏感な蕾《つぼみ》を指が掠《かす》めていき、私の呼吸が速くなった。同時にお臍《へそ》から股間にかけてキスを落とされ、たまらない気持ちになる。

「早く、早く来て……」

待ちきれずに懇願すると、熱を帯びた硬い屹立《きつりつ》がぐっと私の中に押し入ってくる。

「ああっ……」

「……ん、はあ……」

目の前の人から色っぽいため息が漏《も》れたと思ったら、唇にそっとキスされる。

「んっ……んう……」

なまめかしい水音を立ててキスを交わしている最中に、私の奥深くまで楔《くさび》が打ち込まれた。

「んっ、あっ……き、きもち、いいっ……」

ゾクゾクとした快感に、我を忘れて喘《あえ》ぎ声を上げる。

夢だというのに、なんと気持ちのいいこと。

巧《たく》みな舌遣いと、私の体を撫でる優しく丁寧な手つき。

未だかつて、こんな極上の扱いされたことない。

そう思うくらい、この人とのセックスは私を高みに連れて行ってくれる。

パン、パンと私を穿《うが》つ度に聞こえる音の間隔が、徐々に狭まっていく。

大きくなっていく快感に悶《もだ》えながら、私は相手の背中に回した手に力を込めた。

「はっ……あっ、イクッ、イッちゃう……！」

私がぎゅっと目を瞑《つむ》ると、追い立てるように一気に速度が増した。

「んっ……瑠衣……っ」

目の前から発せられる苦しそうな声と共に、私の頭が真っ白になる。

「あっ、あっ……――っ」

ほぼ同時に絶頂を迎え、二人してくたっと脱力した。

ぼんやりしたまま息を乱す私に、その人は優しいキスをくれる。幸せな気持ちに満たされ、私の意識はそこでぷっつりと途切れた。

――あれ？　そういえば私、最後に誰の名を叫んだのだろう？


あ、頭いった……

ごわんごわんと頭の中で盛大に響く雑音で目が覚めた。

「……あれ？」

痛む頭を押さえて起き上がると、眼前にはいつもと違う景色が広がっている。

……ここどこ？

糊《のり》の利いた真っ白なリネンと、スプリングの利いた立派なベッド。

どうにも嫌な予感がして、私は恐る恐る自分の体を見下ろし愕然《がくぜん》とした。

――すっ裸なんですけど!!

反射的に隣を見るが、そこには誰もいない。

これはきっと夢に違いないと、往生際《おうじょうぎわ》悪く自分の体をペタペタ触る。しかし、もちろんちゃんと感覚があった。

これは夢じゃない、現実だ！

状況を理解した途端、私の頭の中に広がる無数のクエスチョンマーク。

ちょ、ちょっと待て。昨夜の私、一体何してたっけ……？

混乱する頭を必死に動かして、昨日の記憶を辿《たど》る。

仕事帰りに会社の仲間数人と飲みに行ったのは覚えてる。確か居酒屋からカラオケに移動して久しぶりにハメを外して騒いだような……。だが問題はその後だ。ぷっつりと途切れたように、そこから先の記憶がまったくない。

私何やっちゃったんだろう……っていうか、誰と？

ひょっとして飲みに行ったその中の誰かとここに来たってこと……？

そう思い至った私は、文字通りベッドの上で頭を抱える。

自分の酒癖の悪さは多少なりとも自覚していた。

酔うごとにテンションが上がり、人に絡《から》みまくって泣く。挙げ句の果てには、ぱったりと寝落ちするのだ。

大体いつもこんな感じで周りに迷惑をかけていたので、ここ数年は外で飲むときには十分気を付けていたのに。それが、二十八歳にもなってなんでこんなことに……。

ちらりと見ると……ゴミ箱には溢《あふ》れんばかりのティッシュの山。

これ確実にやったんだろうなー……なんとなく下腹部にそれっぽい感覚が残ってるし。乾いた笑みを浮かべて現実逃避をしつつ、ガバリとベッドに突っ伏した。

「もう、もう、私のバカバカ――!!」

しばらくベッドの上をゴロゴロと転がる。

そこで、ふと枕元に一枚のメモが置かれているのを見つけた。

自分でもびっくりするくらいの勢いでそのメモに飛びつき、内容を確認する。

【連絡して】

「はあ!? これだけ!?」

メモを持つ手がフルフルと震える。

「せ、せめて名前とか書いとけよおおお!!」

どっぷり自己嫌悪に浸《つ》かった後、もそもそとベッドを出て着替えを始めた。

その最中、何気なく鏡に映る自分の姿を見た私は、ある異変に気付く。

「……ん?」

首筋にぽつんと赤い痣《あざ》。

慌てて体中をチェックすると、胸や太腿《ふともも》の内側にぽつぽつと同じような痣を見つけた。

「キスマーク……？」

もう、これは確実だよ……！

自分がやらかしてしまった事実から逃げるみたいに、着替えるなりホテルを飛び出した。

一目散に自分のマンションに帰り、バスルームへ直行する。

頭からシャワーを浴びた後、冷静になって昨夜のことを思い出してみた。

昨夜の飲み会メンバーは、私を含めた同じ部署の四人と途中で誘った他部署の同期一人の、全部で五人。その中で、可能性があるのは三人だ。

まず、うちの部署の課長で、直属の上司である内藤晶也《ないとうあきや》、三十二歳。穏やかで男前な課長は、気さくな人柄で皆に親しまれている。上司だけど、いい兄貴って感じ。

二人目は他部署の同期で、結城陽人《ゆうきはると》、二十八歳。女子顔負けの綺麗な外見に反して、性格は結構さっぱりしていて男らしい。一言でいうならクールな二枚目だ。

最後はうちの部署の後輩である、間宮渉《まみやわたる》、二十五歳。彼は凄く背が高くてガタイも立派だが、意外にも生真面目で気遣いのできるいい後輩。

あの日は——最初に課長が飲みに行くぞって言い出して、それに私と同期で友人の若菜《わかな》と間宮君が乗っかった。会社を出るときに、偶然出くわした結城を誘って……

あ、そうだ。若菜に聞けばいいいんじゃん！

若菜だったら気心が知れてるし、酔った私に耐性もあるから聞きやすい。

早速スマホを手に取り、若菜に電話をかけた。

『はいはーい』

電話が繋《つな》がるなり、若菜の明るい声が聞こえてきて、ちょっとだけ気分が落ち着いた。

「ごめん、若菜。今、大丈夫？」

『うん。つーかさー、瑠衣……あんた、昨日酷《ひど》かったわ～……』

いきなりガン、と頭にタライが落ちてきたような衝撃が走る。

――な、何？　私、あれ以外に何かやらかしたりしたの⁉

「あのう……若菜さん。昨日私、何やらかしました……？」

衝撃が大き過ぎて、若菜に尋ねる声も自然と小さくなる。

『やっぱ覚えてないんだ。やめろって言ったのに、ビール飲んだ後日本酒にまで手出すから。あんたのチャンポンは危険なのよ』

少し呆れたため息まじりの声。それも仕方ない。若菜には今までも、酒を飲み過ぎて醜態《しゅうたい》を晒《さら》す私を目撃されていた。

そうか。この事態の原因はチャンポンか……

「若菜様、迷惑をかけて本当に申し訳ございません……！」

若菜には見えるはずもないけれど、私はその場で深く深く頭を下げた。

『私は慣れてるからいいけどさ、あれは初めて見る人間は引くよ』

私の体からサーッと血の気が引いていく。

「そんなにっ？　やだ、どうしよう！　ほんとに私何やったの⁉」

ついついスマホを持つ手に力が入る。

『まずは……内藤課長になんで結婚しないんだってしつこく絡《から》んでたわね』

直属の上司に、なんてことを……！

「う、うん……内藤課長、格好いいのに全然女の噂無いからさ……」

『次に、結城に向かって、お前男のくせに私より綺麗な顔してんな！　って文句言ってたわね』

結城にもか！

「ああ。あいつ、大学時代に罰ゲームで女装して街歩いたら、芸能プロダクションからスカウトされたらしいよ……」

話しながらソファーの背に凭《もた》れ、そのまま天を仰いだ。

『最後は、間宮君に二次会のカラオケで何度も同じ曲歌わせてた。挙げ句、自分も歌いながら号泣して間宮君のシャツで顔拭《ふ》いてたわよ。間宮君のシャツ、あんたのマスカラで真っ黒になってた』

「ああ～～……間宮君……歌上手《うま》いんだよね……美声でね……」

後輩にも迷惑かけたなんて、私、私……

想像以上の醜態ぶりに、無言でソファーをバシバシ叩く。

『……で、散々騒いだ挙げ句、潰れて寝てたわよ』

「本っ当に、申し訳ございませんっ……!!」

私は、電話の向こうの若菜に向かって土下座をした。

ああああーー恥ずかしい。ここに穴があったら、今すぐ埋まってしまいたいくらいだ。

『で？　あんた、ちゃんと家に帰れたの？』

若菜の言葉に、あれ、と思い頭を上げた。

「えっ、若菜最後までいたんじゃないの？」

『うん。彼が迎えに来てくれてさ。丁度瑠衣が寝始めた頃かな。申し訳無いとは思ったんだけど、男性陣がいいって言うから先に帰ったんだ、ゴメンね』

「そ、そっか……いいよいいよ、ていうか謝るのは私の方だし……」

『ねえ……ちゃんと帰ったんだよね？』

若菜が心配そうに問うてきた。しかし、朝起きたらすっ裸でホテルにいたなんて、さすがに若菜にも話せない。

「う、うん。ちゃんと起きてタクシーで帰ったよ」

私はついつい取り繕《つくろ》うように明るい口調で嘘をついた。

『ならいいけど。まあとにかく、昨日のメンツに会ったら、ちゃんとお詫びとお礼した方がいいよ』

「うん……分かった……」

若菜との電話を終了して、がっくりと項垂《うなだ》れた。

——もう混ぜるの禁止!!　というか金輪際《こんりんざい》、酒は飲まない!!　禁酒する！

そう心に誓う。

そうだ、この誓いを紙に書いて、分かりやすく壁に貼っておこう。

実は私、書道の段位を持っている。唯一の趣味ともいえた。

いそいそとクローゼットに仕舞ってあった書道セットを取り出し、リビングのテーブルに道具を広げる。私は床に正座をして息を落ち着け、ゆっくりと墨《すみ》をすりだした。

いつもは半紙を前にして、硯《すずり》で墨をすっているだけで自然と気持ちが落ち着いていくのに、今日は無理そう。

結局、昨夜の相手は分からなかった。かといって、他のメンバーに聞く勇気もない。まさかとは思うけど、宴会の後に知り合った行きずりの相手とかだったりしないよね。そんなの、考えるだけでも恐ろしいよ。

かといってあの三人のうちの誰かだとしても、気まずいことこの上ない。だって、こっちは何も覚えてないんだし。

「なんてこった……」

来週、本気で会社に行きたくない。

我ながら情けなくて、墨をすっている小さな硯に顔を突っ込みたくなった。

二　あの夜の相手を探せ

【禁酒】

「我ながら上手《うま》く書けてる……」

真っ白な半紙に黒々とした墨《すみ》で書かれた毛筆の文字。

戒《いまし》めとして壁に貼ったそれを眺めた後、私は覚悟を決めて家を出た。

悶々《もんもん》とした週末を過ごし、ついに月曜がやってきてしまった。

会社に向かう足取りが、どうしても重くなってしまう。

ああ……会社行きたくない。あの三人にどんな顔して会えばいいんだか。

それに、もし相手から言ってこられたらどうすれば……

いや、もういっそのことこっちから聞いちゃった方がスッキリする？

「あのう、この前の飲み会の後、私とやりました？」

なんて聞けるか――!!

思わず歩みを止めて眉間を押さえた。

そんな、ストレートにやったかなんて聞けるわけがない。それこそ恥の上塗りだ。

重いため息をつきながら会社に到着し、ロッカールームで制服に着替える。最後に緩《ゆる》くウェーブがかかった背中までの髪をシュシュできっちり一本にまとめて鏡を覗《のぞ》いた。

そこに映るのは、グレーのベストと濃紺のタイトスカートを身に付けた、ナチュラルメイクの私。

個々のパーツがはっきりしているので、しっかりメイクをすると、少々けばくなってしまう顔だと自分では思っている。

簡単に身だしなみのチェックを済ませ、ロッカールームを出た。

私が勤務するのは中堅の総合商社だ。その総務部総務課に勤務している。

総務というだけあって、仕事の内容は多岐にわたる。例えば、社内イベントの運営や、福利厚生の施策、庶務業務などなど。

入社して六年目の私は、今では内藤課長に次ぐポジションに立たされていた。

同期入社した女性社員が、結婚して寿《ことぶき》退社したり、社内恋愛を成就させ旦那さんの海外赴任について行ったりする中、私は順調に社内でのポジションを上げている。

——おっかしいな~。私も三年前までは寿退社する気満々だったのに……

そう。三年前、私にもお付き合いしている彼氏がいた。

大学のときに合コンで知り合った、外資系企業に勤める彼。私はその人と結婚するつもりでいたのに、彼の海外転勤が決まった途端あっさり振られてしまったのだ。

それ以来、彼氏もいなければ色っぽいこともなく、主に会社と自宅を往復する毎日。

最近の楽しみと言えば、時代劇を見ることと書道をすることくらいだった。

なのに、久しぶりの色っぽいことがまさかこんなだなんて……

おまけに覚えてないとかありえない。

いっそこのまま、本当になかったことにできないだろうか？

なんて、ちょっと現実逃避をしながら、重い足取りで部署に向かう。

けれど、そういうときに限って、会いたくない人間に会ってしまうものらしい。こちらに向かって歩いてくるのは、謝らなければいけない相手第一号、同期の結城陽人だ。

長身で少し茶色がかった髪の結城は、今日も女子顔負けの綺麗な顔をしている。彼も私に気付いたようで、二重瞼《ふたえまぶた》の綺麗な目を微かに細めた。

結城とは入社当時からなんとなく気が合って、たまに飲みに行ったりする程度には仲がいい。いつもだったら全然緊張なんてしないのに、今日に限っては近くに行くほど緊張した。

だけど、早く謝らなきゃいけないという一心で、思い切って声をかける。

「おっ、おはよう！　結城」

結城は私に近づくと、サラサラの前髪が少しかかるキレイな目で見下ろす。

その表情に、ちょっとだけ慄《おのの》いた。

――もしかして、お、怒ってる……？

「あの、結城。その……金曜の夜は本当に迷惑かけてゴメンナサイ！」

謝りながら私は自分の腿《もも》に頭がくっつくくらいの勢いで、深く頭を下げた。

「……お前、何したか覚えてんの？」

結城は無表情のまま、じっと私を見ている。

――これって、もしかして夜のことについて言ってる？

ギクッとして一瞬言葉に詰まってしまった。だが、結城は黙って私の言葉を待っている。

「それが……その、まったく覚えてなくて。昨日若菜から、皆に絡《から》んでたって聞いたから……それで」

言いづらくて、ぼそぼそ小声で話す私に、結城は大きなため息をついた。

「まあ、お前が酔ってクダ巻いてカラオケで熱唱するの何回か見てるけど……人の顔見りゃ美人を連呼しやがって！　ムカついたから、寝始めたときはマジで置き去りにしてやろうかと思ったわ」

「ひどっ！」

「いつもからかわれてる、こっちの身にもなれ」

「……綺麗なのは本当のことなので……わっ！」

正直に言った瞬間、結城が私のおでこに人差し指を当て、ぐりぐりし始めた。

「やだー！　やめてー!!」

「嬉しくねぇ！」

懐きながらも、ついつい言い返しちゃった私。それに対して、いつも通りの反応が返ってきて何故かほっとしてしまう。

「と、とにかく……迷惑かけて本当にごめんなさい！」

私はもう一度深く頭を下げる。すると頭の上にポン、と優しく結城の手がのった。

おずおずと顔を上げると、私を見る結城の表情が少し和《やわ》らいでいる。

「……いいよ。気にしてねーから。他の二人にも礼言っとけよ」

「う、うん、分かった。ありがとう……」

そして結城は、片手を上げてスタスタと歩いて行ってしまった。

なんら変わることない結城の態度に、私は彼と気まずくならなくてよかったと心の底からほっとした。

だけど……あれ？

いつも通りだな。じゃあ、金曜の夜の相手は結城じゃない……？

結城に会うまでは凄く緊張していたのに、彼の反応があまりに普通で、ちょっと気が抜けた。

さっきまでの私の気負いはなんだったんだ。

拍子抜《ひょうしぬ》けした私はポリポリとこめかみを掻いてから、自分の部署に向かった。

「お、おはようございます……」

「おはよう」

部署に入るなり私の挨拶に応えてくれたのは、謝らなければいけない相手第二号、内藤課長。

三十二歳にして独身の課長は、優しくて爽《さわ》やかなイケメンなのに、どういうわけか、浮いた噂が一つも無い。

実はもう結婚しているのではないかとか、いろいろ言われているが、本人が私生活を何も語らないので本当のところは謎なままだ。

課長は机の脇に立ちコーヒーを飲んでいた。その姿は、スタイルがいいこともあって紳士服のモデルのように絵になっている。

もしもこの人が、あの夜の相手だったら……

ああ、どうしよう……ものすごく気まずいよ！　できることなら、今後はなるべく顔を合わせずに過ごしたいくらい！

でもそんなことできないもんな……と項垂《うなだ》れる。

私は、内心ビクビクしながら課長に近づいた。そして息を吸い込み、勢いよく頭を下げる。

「金曜日はご迷惑をおかけしたようで、大変申し訳ありませんでしたっ」

「ん？　なんで？　面白かったけど」

しかし、かけられた言葉はまったく予想していなかったもので。

「お、面白い……ですか？」

視線を上げれば、目の前の課長がフッ、と優しく微笑む。

「水無《みずなし》って、酔っぱらうとあんな感じなんだな」

持っていた書類で口元を隠し、課長が私の顔を覗《のぞ》き込んできた。

その、いつになく親密な態度に変な汗が出る。

――えっ……ま、まさか、本当に課長があの夜の相手……？

私の体から、サーッと音を立てて血の気が引いた。

あんな感じってどんな感じですか？　などと尋ねることもできず青くなる。

「俺の老後まで心配してくれるなんて、お前意外と優しいんだなぁー」

腕を組んだ課長が口元に笑みを湛《たた》え、私を横目でチラッと見る。

あ、そっち……

ホッとしかけて、いやいや！　と内心で激しく首を振った。

それはそれで上司に対して言うことじゃないよと、改めて自己嫌悪に陥《おちい》る。

これはもう、ひたすら謝るしかない。

「あの、失礼なことを言って、本当に申し訳ありませんでした……!!」

私は課長の顔色を窺《うかが》いつつ、ダメ押しとばかりにもう一度頭を下げる。

直属の上司に嫌われたら、私もうこの部署でやっていけない。

「嘘だよ。気にしてないから……」

微笑んでそう言ってくれる内藤課長。でも、その微笑みが意味ありげに見えるのは気のせいだろうか。

私は思わず、無言で課長を見つめてしまう。キリリとした眉はそのままに、目尻を下げて笑う課長はいつも通り男前だけど、なんだろうこの微妙な感じ……

「課長。もしかして私、他にも何か失礼なことを……？」

「うん？　いや」

……絶対私、他にも何かやらかしてる……それって、もしかして夜の!?

そう思ったら、背中にひんやりと冷たいものが走った。

「まぁ、楽しかったよ」

冷や汗を流している私の肩を、笑顔の課長がポン、と叩く。

何が⁉　何が楽しかったの⁉

核心に触れない会話がもどかしくて、地団駄《じだんだ》を踏みたい衝動に駆られた。

「それより水無。記念冊子の進捗《しんちょく》状況はどうだ？」

急に仕事モードに切り替わった課長に、なんとか私も頭を切り替える。

「あ、はい。今のところ問題なく進んでいます。使用する写真と全体のレイアウトは、先日の部長チェックでＯＫをもらいましたので、今後は在籍社員の原稿を集めていく予定です。とりあえず、各部署から一人ずつ、人選もほぼ決まっています」

「順調だな」

課長がニコッと爽《さわ》やかに微笑んだ。

現在、通常業務の他に私が任されているのは、今年で創立五十周年を迎える我が社の記念冊子の作成だ。通常の社内報は薄いパンフレットのようなものだけど、五十年という節目の年だから少し立派な記念誌を作れと上層部からお達しがあった。

編集作業は総務部で担当することになり、私が中心となってレイアウトや取材の手配、原稿作成から印刷会社との打ち合わせ等、忙しく動き回っている。

一年ほど前から準備を進めているのだが、何せ五十年分の歴史だ。社史とするには膨大な時間と手間とお金がかかる。さすがにそこまで人材も予算もかけられないということになり、今回は『五十周年のお祝い』という部分に特化した記念誌を作ることになった。

「原稿をお願いした社員の写真は、都合を聞いてこちらから撮りに行ってきます」

「分かった。大変だろうけど、よろしく頼むな。おーい、湯浅《ゆあさ》！」

私との話を終えた課長が、席にいた若菜を呼んだ。

私は自分の席に向かいながら、眉を寄せて考えを巡《めぐ》らす。

で……結局、あの夜の相手は課長なの？　……違うの？

さっきの課長の態度を見る限りでは……まだはっきりと確信が持てない。

いつも通り、かと思えば意味ありげな微笑みが気にかかるっていうか……どっちなんだろう？

うーん、と考え込んでいたら、謝るべき相手、第三号が給湯室に入っていくのが見えた。

私は慌てて立ち上がりその後を追う。

「まっ、間宮君！」

「あ、水無さん。先日はお疲れ様でした」

私が続ける言葉に迷っているうちに、そう言ってにこりと微笑む。

彼は私と同じ総務部の三年後輩にあたる。勤務態度は至って真面目で仕事ぶりも丁寧。そしてカラオケで威力を発揮する美声の持ち主だ。

腹を決めて近くまで行くと、相変わらずデカい。身長百六十五センチの私が見上げてしまうほど背が高い間宮君はたぶん百八十五センチはあると思う。

「まっ、間宮君。金曜の夜は迷惑をかけて本当にすみませんでしたっ！」

本日三度目の謝罪。

間宮君は私の行動に驚いたのか、持っていたコーヒーを置いて顔の前で掌《てのひら》をぶんぶん横に振った。

「や、やめてくださいよ！　そんな迷惑なんて思ってませんから！」

「……でも若菜に聞いたら、私カラオケで間宮君に凄く絡《から》んだって……」

「歌うくらいどうってことないですよ。むしろ俺の歌声好きだって言ってもらえて嬉しかったです」

にこやかに言うが、それでは私の気が収まらない。

「でもでも、間宮君のシャツ汚したって。クリーニング代出すから、遠慮なく言ってください！」

「いやいや、本当に大丈夫ですって！　洗濯したら綺麗に落ちましたし、心配いりません」

そう言って、間宮君がにかっと笑った。

「ほ、ほんとに？」

「はい。だから気にしないでください」

間宮君は物凄い美形とかではないんだけど、醸《かも》し出す柔らかい雰囲気が魅力だったりする。彼が怒ったところなど見たことがないし、いつもすごく穏やかだ。だから、つい私も彼の優しさに甘えてしまうのだけど。

「うっ、ごめんね、ありがとう……」

「水無さんは、酒飲むといつもああなんですか？」

「うっ……」

間宮君の何気ない一言が、私の心にグサリと突き刺さる。

項垂《うなだ》れた私に気付いたのか、間宮君が「あっ、責めてるわけじゃなくってですね……!!」とすかさずフォローしてくれた。

「だ、大丈夫だよ……。いつもは飲む量セーブしてるんだけど、金曜はなんかハメ外しちゃって」

ばつが悪くて、思わず間宮君から目を逸《そ》らす。すると、間宮君が真剣な顔をしてにじり寄ってきた。

「水無さん！　本当に気を付けてくださいよ。今回は、一緒に居たのが僕らだったから良かったものの……もし、変な男に連れて行かれたりしたらどうするんです？」

大きな体をグッと私に近づけて、間宮君はまるでお父さんのように私を窘《たしな》める。

彼の勢いに、私はペコペコ頭を下げ、すみませんを連呼した。

まったくもってその通りだ。返す言葉もございません。

ん……!?　連れて行かれる？　もしかして間宮君、あの夜のこと何か知っている!?

「え、あの、間宮君、ひょっとして夜……」

「夜？　なんですか？」

――あれ？

「うん、ごめん。なんでもない」

私はその場を笑って誤魔化した。

「そうですか？　じゃ、本当にこれからは気を付けてくださいね？　何かあったら心配ですから！」

間宮君にしては珍しく真剣な顔で注意されて、私はその勢いに押されるように何度もウンウンと頷いた。

「はい！　はい、気を付けます！　あ、ありがとう間宮君」

私の返事に安心したのか、にこっと笑顔を見せて彼は給湯室を出て行った。

あれってどういう意味だったんだろう。ただ心配してくれているだけ？

う～ん、分からない……

可能性のある三人に会ってみても、どの人があの夜の相手なのかさっぱりだ。

全員がいつも通りのような、何かあるような……。本当に知らないのか、はたまた隠しているのか……

「ああもう……」

一体相手は誰なのよ～～!!

給湯室でしゃがみこみ頭を抱える……

初日、収穫なし、である。


結局、相手が誰だか分からないまま、業務を終えて家に帰ってきた。

私が住んでいるのは鉄筋四階建てのワンルームマンションの三階。

広めのリビングと、対面キッチンが気に入ってここに住んでもう五年になる。

部屋着に着替えて髪を結び、定位置であるソファーにどさっと腰を下ろした。

「ふぁー、疲れた……ビール飲みたい……」

いつもならビールを飲んでつまみを食べ、録画しておいたテレビ番組を観て過ごすのが私の日課なのだが、禁酒を誓った今、それができない。

壁に貼られた【禁酒】の文字を見ながら、ため息をつく。

「せめてつまみだけでも食べるか……」

買い置きの柿の種をポリポリ食べつつ、もう一度、今日謝ったあの三人の言動を思い出してみた。

まずは結城。会った瞬間の表情や、会話の感じは普段通りだった気がする。私が言うことにムッとする態度も同じだったと思うけど……いつもよりはちょっと怒ってた？

内藤課長は、朝から爽《さわ》やかだった。だけど……今朝はやけに私の顔を見て笑っていたような気がするんだけど……どうかな。

間宮君もいつも通りに見えたんだけどなあ……でもなんでか、すごく心配された……かな？

そう考えると、結城はいつもより少し怒ってて、課長は笑顔が多くて、間宮君は心配してくれたってこと。いつも通りながら、三人三様の反応だ。

三人ともあの夜のことには触れてこなかったけど、これはどういう意味？

まさか、あの三人以外の人ってことはないよね……

「ああ～～、分かんない～～!!」

頭を両手でワシャワシャ掻き乱し、ソファーの背もたれに倒れ込んだ。

ここでハッと相手に繋《つな》がるものを思い出す。

私はソファーから体を起こして、テーブルに載せたままだったメモを手に取った。

【連絡して】

じっとメモを見るけど、文字に見覚えなんてない。

だけど連絡して、ってことは私が連絡できる相手ってことだよね。となるとあの三人のうちの誰かが相手なのは間違いないと思うんだけど。

もしかして無かったことにしてくれるってこと？　酔ったうえでの行為だし、お互いいい大人だし……

つい自分の都合のいい方向に解釈したくなるが、手に持っているメモがそれを許してくれない。

——いや！　だったらこんなメモを、わざわざ置いて行ったりしないはずだ。

もしかしたら、相手は私からの連絡をずっと待っているのかもしれない。だとしたら今、私のことをどう思っているんだろう。しちゃったくせに連絡一つしてこない酷《ひど》い女、とか思われてたりするのかな……

けど思い出せないものは思い出せないのだ。

見事に八方塞《はっぽうふさ》がり。

「うわあああ……もうだめだ……これ以上考えたら頭爆発する……」

今日はもう考えるのやめよ……気分転換、気分転換しなくちゃ。

ああ……こういうときこそパーッとお酒飲んで嫌なこと忘れたいのに……

でもその気分転換のせいで、今こういう状況に陥《おちい》ってるんだよね、と気付いて更に落ち込んだ。

「って、また落ち込んでる場合じゃない……じっとしてると気が滅入《めい》るわ」

気合でテーブルの上に載っていたリモコンを手に取り、ハードディスクに録画しておいた番組を再生する。

「やっぱこれだな……」

画面に映し出されたのは、江戸時代の街並みに、和服に身を包んだ登場人物達。

そう、時代劇だ。

何気なく観ていたらハマってしまって、それ以来暇さえあれば観ている。

勧善懲悪《かんぜんちょうあく》で、最後は必ず悪を倒してくれるっていうのがいいんだ。

気分が落ち込んでるときに観ると実にスカッとする。まさに今の気分にぴったりだ。特に、お決まりの展開で悪人をバッタバッタ斬っていく殺陣《たて》シーンが大好きで……

「うーんすごい迫力！　たまらない～～！」

テレビ画面に映し出される将軍様に見惚《みと》れ、その夜は寝るまでずっと時代劇を観続けたのだった。

そして翌日。昨晩時代劇を観続け気分転換に成功した私は、今はとりあえず相手の出方を窺《うかが》うしかないと悟った。

ここは辛抱であると結論付け、会社で黙々と通常業務に勤《いそ》しむ。

「水無さん、内線三番に電話入ってます」

はーい、と何気なく電話に出た。そこから聞こえた声に、思わず椅子から飛び上がりそうになる。

「ゆ、結城っ⁉」

『そんなに驚くか？　まあ、いいや……この前言ってた写真、今なら手空いてるから撮れるぞ』

「あ、そ、その件ね。分かった、これから伺《うかが》います」

さっきまでは辛抱辛抱なんて思っていたくせに、いざ当事者の声を聞いた途端動揺するって、どうなの私。

しどろもどろで電話を終え、席を立って課長のもとへ行く。

「課長。記念冊子用の写真を撮りに、営業企画部に行ってきます」

声をかけると、いつものように爽《さわ》やかに笑ってくれる課長。

「はいよ。よろしくな。カメラ忘れんなよ」

「はい」

課長は相変わらず通常運転だ。こっちは話しかける度に緊張しているというのに。

ま、いいか……今はそのことを考えてる場合じゃないしね。よし、行くか。

総務のあるフロアを出ると、階段で営業企画部があるひとつ上の階へ移動する。

営業企画部は総務と違って男性社員ばかりだ。似たようなスーツ姿の中から、私は目的の人物を見付けて近づいた。

まだちょっと顔を合わせると緊張する。けど、これは仕事だ、と頭を切り替えた。

小さく息を吐いて、パソコンに向き合って作業をしている彼に声を掛ける。

「ゆ、結城」

彼はすぐに振り返った。

「ああ、来たな」

営業企画部で冊子用の原稿を書いてくれることになったのは、結城だった。

結城は来年には主任になるだろうと言われている、営業企画部期待のホープだ。その見た目の麗《うるわ》しさも相まって、今や社内で結婚したい独身男性ベスト5に名前が挙がるくらい、女性社員の人気は高い。

だけど当の本人は、周りの視線などどこ吹く風とばかりにマイペース。私が知る限り、浮いた話のひとつもない。

結城を見ていると、あんなにルックスいいんだから彼女作ったりすればいいのに〜なんて、ちょっと思ったりもする。まあ私がどうこう言うことでもないけれど。

「じゃあ、早速だけど写真撮らせて」

私は持参したカメラを取り出し、結城に向けた。

「俺どうすればいいの。仕事してるような感じの方がいい？」

「今のとこ二パターン撮らせてもらってる。座ってデスクワークしてる写真と、正面からの写真。どっちを採用するかは、こっちで吟味《ぎんみ》して決めるつもり」

「了解」

早速私は、結城に白い壁を背に立ってもらい、何枚か写真を撮らせてもらう。そうして次にデスクワーク中をイメージしたものを撮らせてもらった。

「ありがと！　これ、使わなかった方は結城のファンにあげることにするよ」

「やめろ……」

もちろん冗談で言ったのだが、結城はものすごーくイヤそうな顔をする。

そんなやり取りをしているうちにお昼を知らせるチャイムが鳴った。今日は若菜とランチの約束をしてるんだ。何やら相談があるらしいから早く戻らねば。

「じゃあ結城、ありがとね。引き続き原稿のテキストもよろしく」

軽く手を上げて部署に戻ろうとしたら、結城に呼び止められた。

「水無、よければ昼一緒に行かないか？」

珍しい。結城の方からランチに誘ってくるなんて。

「いいけど……今日は、先に若菜と約束しちゃってるから、三人でもいい？」

結城が「あー」と言って一瞬視線を横に逸《そ》らした。

「いや、またの機会にするわ。女二人の会話には、ついていけないからな」

少し残念そうな結城の様子に、私はハッとする。

もしかして、ここでは言いにくい話があるんじゃないの……!?

「そ、そう？　何か話でもあった？」

結城の反応を窺《うかが》いつつ、思い切って聞いてみた。

「いや。ちょうど昼だったから誘っただけ」

なんだ……たまたまか……

緊張した分、ガクッとする。

「……じゃ、またね」

「おう」

私は貼り付けたような笑顔で結城に手を振り、営業企画部のフロアを後にした。

ああ～、疲れた……


席に戻った私は、待っていた若菜と一緒に会社近くのカフェへ行く。

そのカフェは、真っ白い壁に所々レンガ調のタイルを貼ったオシャレな外装をしている。ドアを開けた瞬間、ふんわりと漂《ただよ》ってきたパンの香りに食欲をそそられた。

メインはベーカリーショップなのだが、併設されたカフェで食事もできる。ここのパンが好きな私と若菜は、よくランチで利用していた。

道路に面したガラス張りのイートイン席に着き、注文を済ませて、ふうっと一息つく。

「どうしたの？　冊子大変？」

私の顔を見つつ、向かいから若菜が尋ねてきた。

「え？　ああ、うん。通常の仕事もあるから結構大変だけど、滅多にできない仕事だからね。やりがいがあるよ。何？　私そんなに疲れているように見えた？」

金曜の夜のことで、結構悩んだり落ち込んだりしてたから、それが顔に出ていたのだろうか。

「ちょっとね。で～？　男三人にはちゃんと謝ったの？」

若菜が笑いながら、軽く聞いてくる。ランチの約束をした時点で、絶対聞かれるだろうとは思っていたけど……

「謝ったよ……そりゃあもう謝ったよ……」

言ってガックリ項垂《うなだ》れる。

「ふふふっ。久しぶりにかなり笑わせてもらったわぁ。カラオケでノリノリの瑠衣を見るの、結構楽しいんだよね」

けらけら笑い、若菜は運ばれてきたランチセットのサラダにフォークを刺した。

「いや、若菜さん……そういうときは止めてくださいよ……」

ひ、他人事《ひとごと》だと思って……と若菜を軽く睨《にら》む。

「だけど、あの後どうやって家に帰ったの？　誰かが家まで送ってくれた？」

「ぐふっ」

いきなり一番聞かれたくないことを聞かれ、動揺のあまり食べていたサラダを喉《のど》に詰まらせる。

「やあだ、大丈夫？」

「だ、大丈夫……あの夜のことは私もおぼろげにしか覚えてないんだけど……ど、どうやら誰かが私をタクシーに乗せてくれたみたい、よ……？」

しどろもどろになりつつ、なんとか誤魔化す。

「ふーん……」

「そ、それより、相談って何？」

少し不自然だったかもしれないけど、無理矢理話題を変える。

話を振られた若菜が、「あ、そうそう。じゃー本題に入ります」、と身を乗り出してきた。

「瑠衣さー、月末の連休って暇？」

「三連休のこと？　そんなの、聞かなくても分かるでしょう、暇だよ」

私は基本的にインドアな人間である。彼氏と別れてからというもの、休日は余程のことがない限り家から出ない。大体録り溜めたドラマとかをひたすら観ている。

「だと思った。じゃあさ、真《しん》ちゃんの実家が持ってる別荘に一緒に行かない？　泊まりで」

「別荘？　どこ？」

「軽井沢」

「へぇ～！　真太郎《しんたろう》君ち軽井沢に別荘持ってるんだー！」

若菜の彼氏である真ちゃんこと真太郎君は、不動産会社に勤めるサラリーマンだ。そして実家が自社ビルをいくつも持ってるという、お金持ちなのである。

誘ってくれるのは嬉しいのだけど、せっかくの旅行に私が参加していいのだろうか。

「私が行ったら、二人のお邪魔じゃない？」

「ううん、全然。ていうか、その別荘がめっちゃ広いのよ。あんまり広過ぎて二人きりだと持て余しちゃうの。だから、せっかくなら何人か誘ってワイワイやりたいなって思って。もらうのは食費だけでいいからさ、一緒に行こうよ。そして極上の信州牛でバーベキューしよー」

「極上の信州牛……！」

テレビで観たことあるぞ。信州牛は、リンゴを食べさせて育てるから、脂《あぶら》にほんのりと甘みがあって、それはそれは極上の旨《うま》さだと……

想像しただけで涎《よだれ》が出そう。私は、思わずゴクリと唾を呑み込んだ。

「でさでさ、他にも誰か誘いたいのよねえ……あっ!!　結城とかどう？」

若菜が笑顔でパチン、と手を合わせる。

「えっ」

何故ここで結城の名が？

「な、なんで結城？　他にもいるでしょ……同じ部署の後輩の女の子とか」

若菜に動揺がバレぬよう、必死で平静を装った。

「えー、だって仲良くしてる同期って結城くらいじゃん？　後輩の女子はさー、泊まりとなるとやっぱ気遣っちゃうし。結城なら、彼女いないから気楽に誘えるじゃん。それとも、内藤課長か間宮君の方がいい？」

と言って若菜が首を傾《かし》げる。

もちろん若菜はこの前の夜私の身に起こったことなど知る由《よし》もないのだから、仕方ないのかもしれないけど。

つい、私の口からは本音が漏《も》れてしまう。

「なんでこの前の飲み会メンバーなのよ……」

それは私に対する嫌がらせか何かですか？

ここで若菜がぐっと身を乗り出してくる。

「いいと思うんだけどな～結城。それに、Wデートみたいで楽しそうじゃない？　結城なら見た目格好いいし、なんてったってあんたの本性知ってるんだから、気楽でしょ」

「気楽……かあ」

私は腕を組み、眉根を寄せて考え込んだ。

そう言われてみれば、確かになるほど、と納得できる部分もある。

いやいや、納得しちゃダメでしょ！　もしあの夜の相手が結城だったらどうするのよ⁉

私がぐるぐる考えているうちに「そうと決まれば、早速結城にも声かけてみるね！」と、すっかりその気になっているにっこにこの若菜さん。

そりゃあ、結城があの夜の相手とは限らないよ。

むしろ、以前と変わらない態度を見る限り、一番可能性が低いかもしれない。

でもな～～……

私はなんとも言えない気持ちで、ランチセットのＢＬＴサンドを頬張った。

「じゃあ、一応決まりってことでいい？　もしダメだったら早めに連絡ちょうだいね～」

「う、うん……わかった……」

若菜にはそう言ったものの、さてどうするか。

お肉と別荘はとっても魅力的で、行きたいのはやまやまなんだけどな……

行きたい気持ちと遠慮したい気持ちが半々のまま、この場の話題は別のものに変わっていった。

それからも、私はいつも通り会社で仕事に勤《いそ》しみつつ、三人の男性の動向をそれとなく窺《うかが》った。

だけど一週間経っても二週間経っても、彼らからのアクションは、まったくといっていいほどない。

はあ～とため息をついて、頭を抱える。

――なんで？　こんなに気にしているのは私だけなの？　だったらいっそのこと、あれは夢だということにしてしまえば楽になれるのだろうか……

そんなことを考えながら顔を上げると、ちょうどこちらを見ていた内藤課長とばっちり目が合った。

――あっ……

課長は一瞬、驚いたような顔をしたが、すぐににっこりと微笑んだ。

――まただ……

あれから何故か、よく課長の視線を感じるようになった。ふと視線に気付いてそちらを見ると、課長がこっちを見ているということがちょくちょくある。でも何を言ってくるわけでもなく、ただ意味ありげに笑われるだけなのだ。こっちとしては課長の意図が分からず混乱が増すばかり。

ああもう……胃がキリキリする……

気持ちを落ち着けるためお茶でも飲もうと、席を立ち給湯室に向かう。するとそこで、間宮君にバッタリ遭遇した。

「水無さん。お疲れ様です」

間宮君は私に気付くとすぐに顔をくしゃっとさせ、会釈《えしゃく》した。

「あ……間宮君、お疲れ様」

相変わらず穏やかな笑みを浮かべた間宮君が、コーヒーを淹《い》れていた。私は咄嗟《とっさ》に笑顔を張り付け、彼の隣でお茶を淹れる支度をする。

気持ちを落ち着かせるつもりが、まさか間宮君と二人きりになるとはなぁ……

でも毎日顔を合わせているけど、やっぱり彼も、特に何も言ってこないんだよね。

「あれから飲み過ぎたりしてないですか？」

不意に頭上から声が降ってくる。見上げると、心配そうな間宮君の顔。

あれ以来、何故か会う度に気遣うような言葉をかけてくれるのだ。

「……うん。あれから禁酒してるから大丈夫だよ」

「そうですか、安心しました」

私がそう言うと、ほっとしたような顔をする間宮君。

やっぱり、なんでこんなにいろいろ心配されてるのか分からないな……

――まさか、間宮君があの夜の……？

そう思ってちらっと横目で間宮君を見ると、こちらを見ていた彼と目が合う。

「ん？　どうかしましたか？」

チラ見したのがまずかったのか、間宮君が不思議そうに私を覗《のぞ》き込んでくる。私は慌てて頭をブンブン左右に振った。

「いやいや……なんでもない！　もうすぐお昼だけど、間宮君はいつもお弁当だよね！　もしかして手作り弁当？」

ついどうでもいい話題でこの場を繋《つな》ぐ。しかし間宮君は意外にもこの話題に食いついてきた。

「そうなんです！　実は好きなんですよ～料理。食材があるときは俺自分で弁当作るんす」

にっこにこしながらそう語る間宮君。彼を見ていると、とてもじゃないが色っぽい話が生まれるとは……思えないなぁ……

「そうなんだ、ちょっと驚いたわ……」

間宮君と話をしつつ給湯室を出て部署に戻る途中、背後から「水無」と声をかけられた。

振り返ると、そこには結城の姿が。彼は私の顔を見るなり一瞬眉をひそめた。

――ん？　なんで今、変な顔したんだろう？

間宮君に先に行ってもらうと、結城はすぐにいつも通りの表情で話しかけてきた。

「……お前、間宮と仲いいの？」

なんだ、藪《やぶ》から棒《ぼう》に。

「仲？　……それなりにいいと思うけど。あ、彼はねえ、お土産《みやげ》のセンスがピカイチなのよ！　旅行に行ったときに買ってきてくれるお菓子がそれはもう美味《おい》しくてね……」

「あー、そう」

結城が脱力したように無表情になった。

「それより、結城はここで何してるの？　このフロアに用があったの？」

「ああ、今経理に行ってきたところ。これから食堂行くわ」

普通に会話できてる。それに、やっぱり結城も何も言ってこないな……

なんて思っていたら会話が途切れたので、ふと目の前の結城を見上げると、私のことをじっと見つめている。その視線にちょっとドキッとした。

「な、なに？」

ちょっとビクビクしながら尋ねると、結城は黙ったままハアーとため息をついた。

「まあいいや。早く戻って飯食えよ」

じゃ、と手を上げて先を急ぐ結城の後ろ姿を見ながら、今度は私がはあ～とため息をつく。

あれから二週間以上経っても相手が分からないってことは、あれはもう夢だったってことにしていいんじゃない？　と思えてきた。

大体、相手はなんのアクションも起こさないのに、私だけこんなにやきもきしてるなんてなんだか癪《しゃく》だし……

部署に戻ったところで、タイミングよく昼になった。すると私の席に、若菜が駆け寄ってくる。

「瑠衣～！　例の旅行の件だけど考えてくれた？」

「あ、もう来週か……」

気が付けば件《くだん》の連休が近づいている。行こうかどうしようか悩んだけど、ここ最近いろいろ考えすぎてストレスも溜まってるし、楽しいことでパーッと発散したいな。

よし！　せっかくだから旅行を楽しもう！

「うん、行く。よろしくお願いします。だけど本当にいいの？」

「もちろん！　でね、私は真ちゃんと朝早めに出発する予定なんだけど、瑠衣はどうする？　一緒に行く？　それとも後から来る？　一緒に行くなら家の近くまで迎えに行くけど」

「ちなみに、朝早くって何時くらい？」

「六時」

うっ……早い……できることならもう少しゆっくりお邪魔したい……

「ごめん……私、後から行ってもいいかな。新幹線なら一時間ちょいで行けるよね。昼前には到着するようにするから」

「分かった。じゃあ、当日の詳細が決まったらメールするね」

嬉しそうに席に戻っていく若菜を見て、こっちまで笑顔になった。

久しぶりの旅行だし、観光したり美味《おい》しいもの食べたりして嫌なことなんか忘れてしまおうっと。


数日後、続々と集まってくる記念冊子の原稿をせっせと確認していたら、同僚から声をかけられる。

「水無さん、営業企画部の結城さんから内線です」

え？　結城から……？

相手に驚きつつ、慌てて受話器を取った。

「お電話代わりました、水無です」

『お疲れさま。送ってくれた原稿見た。俺はＯＫだけど』

そういえば、先日もらった原稿の修正点を確認してもらってたんだっけ。早速見てくれたようだ。

さすが、営業企画部のホープは仕事が速い。

「ありがとう。じゃあこのまま進めます」

『よろしく。ああ、あと私的な内容で悪いけど、ちょっとお前に話があるんだ。午後の休憩時間に三階の自販機コーナーまで来てくれない？』

「……え、話？」

『ああ』

改まって話だなんて、一体なんだろう……？

「わ、分かった……」

『じゃ、後程』

それだけ伝えると結城からの内線は切れた。

——ええ……ど、どうしよう……ここへきてまさかのあの夜の話とか……？　結城が相手だったりとか、ない、よね……？

受話器を持ったまま、茫然《ぼうぜん》としてしまった。

そして休憩時間になり、言われた通り三階の自販機コーナーに行く。ちょっとビクビクしながら到着すると、そこにはコーヒーを買っている結城の姿が。ごくりと唾を呑み、緊張しつつ近づいていくと、すぐに気が付いた結城が軽く手を上げる。

「悪いな、休憩時間に呼び出したりして。あ、これ飲む？」

そう言って差し出されたのは、買ったばかりのアイスコーヒー。紙コップの中を覗《のぞ》くと、私の好きなミルク入りだった。

「あれ？　これって結城の分じゃなかったの？」

「まあな。来てもらったお礼？」

さりげなくこういう気遣いができるのは、結城のいいところだよね。

ありがたくコーヒーを受け取り、自分のアイスコーヒーを買っている結城の言葉を待つ。

――彼は何を言おうとしているのだろう……？　そういえば呼び出されたのなんて初めてだよ。

私がモヤモヤしながらじっと彼を見ていたら、コーヒーを一口飲んだ結城が、「あのさ」と言って私の方に向き直った。

「えっ⁉」

「お前、湯浅に旅行誘われてるだろ？　俺も、行こうと思ってるんだけど」

てっきり結城の話はあの夜のことかと思っていたので、つい素で驚いてしまった。

そんな私のリアクションをどう受け取ったのか、結城が眉根を寄せる。

「なんだよ、俺と一緒は嫌なのかよ」

「いっ！　いえいえ！　そうじゃないけど、びっくりして。だっ、だってほら、結城って最近同期の飲み会にもあんまり参加してなかったしさ……」

慌ててフォローする私に、視線を逸《そ》らした結城は「まあな」とコーヒーを一口飲んだ。

「最近どこにも出かけてないし、高原の綺麗な空気を吸いに行くのもいいかと思ってさ。で、お前は行くんだよな？」

結城にしては珍しく、やけに強く聞いてくるな。一体どうしたんだろう？

「う、うん、行くつもり」

結城の様子を窺《うかが》いながら、私は小さく頷いた。

すると、飲み終えた紙コップをゴミ箱にポイッと捨てた結城が、再び口を開く。

「お前、行きは湯浅と一緒に行くのか？」

「ううん。一人で新幹線で行くつもり」

「……よければ俺の車で一緒に行かないか？　どうせ同じところ行くんだし」

結城が何故そんな提案をしてくるのか分からなくて、私は紙コップを持ったまま首を傾《かし》げる。

「でも運転大変じゃないの？　新幹線ならのんびり行けると思うけど」

「最近忙しくて車乗ってなかったから、久しぶりに運転したくなったんだ。別荘の場所を教えてもらえば直接行けるし、新幹線より楽だろ」

そう言われたら、確かに新幹線より楽かもしれないと思ってしまう。

「乗せてってくれるなら、ありがたいかな……」

結城の話があの夜のことでは無かったことに安心してしまった私は、楽という言葉に惹かれて、つい深く考えずに結城の提案を呑んでしまった。

「よし。じゃあ当日の待ち合わせとか、また連絡する」

「うん、よろしくお願いします」

素直に頭を下げた私に、結城は一瞬驚いたような顔をして、にこりと綺麗な顔を綻《ほころ》ばせた。

本当に綺麗な顔しやがって。羨《うらや》ましい。

そろそろ休み時間も終わりだったので、私は結城と別れ、自分の部署に戻った。

若菜に結城と一緒に行くことにしたと話すと、「よかったじゃん！」と笑顔で言われる。

結城に別荘の住所を教えておくと言う若菜にお礼を言って、私は自分の席に戻った。

こうして連休は、私と結城、若菜と彼氏の真太郎君の四人で旅行に行くことが決まった。

何着て行こうかな……と考えたところで、ハッとする。

車って、思いっきり密室じゃん……!!

結城があの夜の相手とは限らない。けど、だからと言って密室で二人きりって気まずくない？

なんで、わざわざ自分から、よりハードな空間を選んでしまったんだ、私っ……!?

一見楽な方に乗っかって、その実自ら苦行に飛び込んでしまったことに気付き、ただ茫然《ぼうぜん》とするしかなかった。

三　別荘の夜

旅行当日の朝。

アラームの音で目が覚めた私は、枕元のスマホを見た瞬間、愕然《がくぜん》とする。

「やっば……!!　寝坊!!」

一体何度目のアラームだったのか、待ち合わせ時間までもう三十分もない！

転がり落ちるようにベッドから出ると、急いで身支度を始める。

着ていく服を昨日のうちに準備しておいたのは、不幸中の幸いだった。

バタバタと用意をしつつ、結城に寝坊して少し遅れるとメールをする。軽快な着信音と共に、すぐに返信がきた。

【分かった。ゆっくり行くから慌てなくていい】

文面を見てほっと胸を撫で下ろす。同時にため息が出た。

寝坊した原因は分かってる。昨夜、考え事をしてなかなか寝付けなかったからだ。

――だって、車という密室で、結城と数時間一緒に過ごさなきゃいけないんだって思ったら、緊張してきちゃったんだもん……

あっ、やだ、思い出したらまた緊張してきちゃった……！

準備する手を止め、落ち着け～落ち着け～と自分で自分を宥《なだ》めていたら、時間の余裕が更になくなり余計焦る。

わーっ!! バカ私！ 今はこんなこと考えてないで早く行かなきゃ!!

手早くバナナを牛乳で流し込んだ私は、荷物と服装をチェックして家を飛び出た。

とにかく今は、待ち合わせ場所に急ぐのが先決、とばかりに猛ダッシュする。

息を切らせて結城と待ち合わせたコンビニに行くと、そこには黒のＳＵＶ車に凭《もた》れてスマホを操作している結城がいた。

その姿に、ついつい目が釘付けになる。

黒い薄手のＶネックニットにブルーデニムという、ごく普通の恰好なんだけど、スタイルのいい結城はそれがやけに様《さま》になっている。

加えて女子顔負けの綺麗な顔が太陽の光を浴びて、いつも以上にイケメンに見えた。

会社のときはいつもスーツだし、今まで結城の私服姿を見る機会などなかった。だからか、なんだか別人のように見えて、私はさっきとは別の意味で緊張した。

結城に近づき、深呼吸をしてから、彼の名を呼んだ。

「結城、ごめん。おまたせ」

私の声に顔を上げた結城が、ふわっと微笑んだ。

「ああ。大して待ってない。荷物貸して」

結城は私の荷物を受け取ると、車の後部座席に乗せた。

なんだろう……やけに笑顔が眩《まぶ》しいぞ。

「ありがとう……」

「ん。乗って」

そう言って結城は、助手席のドアを開けて私が車に乗り込むのを待っている。

ちょ、ちょっと待って、こんなのされたことないよ!?

慣れない女扱いに私の頭は激しく混乱した。

「ゆ、結城？　どうしたの？　なんか今日優しいよ？　何かおかしなものでも食べた？」

「……いいから。早く乗れ」

本気で戸惑う私に、結城がイラッとしたみたいに顔をしかめた。いつもの口調に戻った結城に安心して、私は助手席に乗り込んだ。

――びっくりした……。結城って、意外とフェミニスト？

シートベルトを締めながら、ちらりと結城を窺《うかが》った。彼は運転席でナビの確認をしている。その横顔が、なんだかいつもと違って見えるのは気のせいだろうか。

スッと通った鼻筋に薄い唇、シャープな顎《あご》のライン。こうして見ると、やっぱり結城ってイケメンだよね。会社の女子社員が、結城を見てキャーキャー言ってるのにも納得できる。

そんなことをぼんやり考えていたら、不意に結城がこちらを向いた。

「途中何回かサービスエリアに寄るつもりだけど、もし希望があれば遠慮なく言って」

さらなるイケメンの気遣いに、私は「えええ??」と叫びたい気持ちをぐっと我慢して頷く。

「わ、分かった。あ、私免許持ってるから、疲れたら運転代わるよ？」

何年も乗ってないペーパーだけど、きっと大丈夫だろう。

なのに、せっかくの私の提案に、ハンドルを握る結城の顔がこわばった。

「死にたくないから遠慮しとく」

「……失礼な」

むう、と頬を膨《ふく》らませると、なんだか楽しそうに笑われた。

「なによ、もう」

「悪い。気持ちだけもらっとく」

笑顔の結城は、ドアの収納スペースからペットボトルのお茶を出し、私に差し出した。

「……もしかして、買っといてくれたの？」

「ついでだ。俺も飲みたかったし」

特に深い意味はないとでも言うように、結城は前に向き直る。

――さりげない。実にさりげない気遣いができる男、結城陽人!!　それに比べて私ったら、乗せてもらう立場なのに何も用意してきてない……!!

女子としても、いい大人としても、ちょっと人生をやり直したくなった。

「ごめん。私、気の利いたもの何も用意してこなくて……」

落ち込んで項垂《うなだ》れていたら、結城がクスッと笑いながら声をかけてくる。

「大丈夫。端《はな》から期待してないから」

「ひどっ」

分かってはいたけど、はっきりそう言われると私でもちょびっとへこむ……

助手席で唇を尖《とが》らせている私を笑って、結城は車を発進させた。

これから私達が向かうのは、軽井沢の別荘地だ。

真太郎君の家が所有する別荘は、軽井沢の中心街から少し離れた場所にあるらしい。見せてもらった別荘の画像は、木造の趣《おもむき》ある佇《たたず》まいで、周りを囲む緑と相まってため息が出るほど素敵だった。

真太郎君もその別荘が大好きで、以前はよく利用していたそうだ。だけど、今は知り合いの不動産屋に管理を任せっきりで、ほとんど行ってないみたい。

結城にその話をしたら、しみじみした様子で口を開いた。

「もったいねえなー。軽井沢なら東京から新幹線で一時間くらいだろ？　俺だったら、割と頻繁《ひんぱん》に行きそう」

「そうだよねぇ……都会の喧騒《けんそう》から逃れて週末は別荘って生活、憧れるわー」

私も助手席で、うんうんと頷く。

「湯浅の彼氏んちって、別荘は軽井沢だけ？」

「いや、他にも持ってるらしいよ。沖縄とか北海道とかに」

結城が前を見たまま口をあんぐり開ける。

驚くよね。私も最初聞いたときは同じリアクションしたわ。

「金って、あるとこにはあるんだな……」

「私もそう思うわ～」

そんな会話をしながら途中休憩を挟み、車は軽井沢方面の分岐に差し掛かる。ここまで来たら、目的地にはあと一時間くらいで着くだろう。

結城と二人きりだと思って、最初は気まずいかなって心配してたんだけど、意外と平気。いや結構話も続くし、むしろ楽しい。

これは嬉しい誤算だな。

「そういや、湯浅はもう向こうに着いてるのか？」

「たぶん。六時には出発するって言ってたから」

そう思いつつ、一度連絡を入れておこうとスマホを取り出す。電話をかけてすぐ、若菜の明るい声が聞こえてきた。

『はーい、お疲れー。瑠衣達、今どこー？』

「えーとね、ちょうど高速の分岐を軽井沢方面に曲がったところ。若菜は？　もう到着してるんだよね？」

『うん。今掃除終えたところよ。私達は、これからバーベキュー用の食材を買いに行ってくる。瑠衣、お肉が食べたいのよね？』

「肉!!　食べたい！」

思わず大きな声で叫んでしまった。運転席の結城が、驚いたように私をちらっと見てくる。

『オッケー！　美味《おい》しいお肉買ってくるから～。じゃあ、気を付けて来てね～』

うん、じゃ後でね、と電話を終えて結城を見ると、前を向いたままニヤニヤしている。

「……何よ、なんかおかしいことでもあった？」

「いや？　お前がおかしいのは今に始まったことじゃないし。ただ、そんなに肉が食いたかったのかと思っただけ」

それはどういう意味でしょう。

「だって美味《おい》しいお肉食べたくない？　一人暮らしじゃあ、そうそう食べる機会なんてないしさ。結城は食べたりする？　バーベキューとか？」

「肉か？　あー、バーベキューはしないけど……友達で集まって、たまに焼肉はするかな」

「それって、女の子も混ざってたりするわけ？」

今まで結城のプライベートについては一度も聞いたことがなかった。つい聞いてみたくなって、会話の流れに乗って尋ねてみる。

「いねーよ。友達の彼女が来たりするくらい。俺、基本的に異性との友情は成立しないと思ってるから」

「え？」

それってどういう意味？　だって、私や若菜とは結構遊んでくれるよね。今日だってこうして一緒に出かけてるわけだし。これって、友達だからだよね？　ってことは……

「結城……それはつまり、私を女と認識していないということかね？」

私の問いかけに、結城の表情が一瞬こわばった。そうしてフッ……と乾いた笑いを漏《も》らす。

「……そう思うなら、それでいいんじゃねえ」

思わず目を細めて結城を見つめてしまった。

答えになってない。それはどういう意味で取ればいいのかな。

けど、深く突っ込んだら傷付くのは私のような気がして、それ以上追及するのはやめた。

じゃあ、と、私はさっきより明るい声で、また結城に疑問を投げかける。

「私が知る限り、結城って会社入ってからずっと彼女がいないような気がするんだけど、やっぱりいないの？」

結城は前を見据えたまま、あ〜……と言って何かを思い出そうとする素振りを見せる。

「いや、会社入ってすぐの頃は、付き合ってた彼女がいた。けど、仕事が忙しくて全然会えないうちに自然消滅したな」

「へえ……」

つい真顔になってしまう。

そうだったんだ、ちっとも知らなかった。思えば結城の口から彼女というワードが出たのはこれが初めてな気がする。

結城に女の影がないから、ちょっとだけ誤解している部分があったな。ごめんよ結城、と申し訳ない気持ちを込めて私はじっと彼を見つめる。

「ごめんね。私と若菜の間では、結城は女の子よりも男の子が好きなんだって、なんとなく思ってたんだけど、訂正しとくね」

極力優しさを前面に出して結城に謝罪した。

「お前ら……」

フルフルと震える結城の眉間に深く皺《しわ》が刻み込まれる。

そっかー、彼女いたんだ。そうだよね、結城にだっていろいろあるよね。当たり前だけど。

「俺より、お前はどうなんだよ」

「え？」

「付き合ってる奴。お前はいないの？」

結城が運転席から、ちらっと私を窺《うかが》ってくる。

「……いるように見える？」

「いや。でもそう見えて、いるかもしれないし？」

見えない、と即答されることを予想していたのだが、意外にも結城がこんなふうに言ってくれた。

ちょっと嬉しい。だけど……

「いえ、いないです。残念ながら」

むうっとしながら答えると、結城は楽しそうにハハハ！　と笑った。

「なんでむくれるんだよ。別にいなくたっていいんじゃねーの？　俺だっていないんだし」

「まあ、そうか……」

なんか、慰《なぐさ》められた？　と思っていたら車がインターチェンジに差し掛かるところで、結城の意識がそっちに移る。

「もうすぐ高速降りるぞ」

「えっ⁉　あ、ほんとだ……なんかあっという間だったね」

なんて話しているうちに、車は高速を降り一般道に入った。

見渡す限り眩《まぶ》しいくらいの緑に囲まれると、一気にリゾート気分が高まってくる。

「そろそろ別荘地に入るな……地図通りに行けばあと少しだけど」

スピードを落としながら、一軒の敷地がやたらとでかい別荘地を進んで行く。しばらくすると、目的の別荘が見えてきた。

結城に言って敷地に入ってもらうと、そこには見慣れた真太郎君の車が停まっていた。うん、間違いない。

「うわー、やっぱり素敵っ‼」

青々と茂《しげ》る樹木の中に温かみのある木造家屋が鎮座している。そして家の正面にある広いウッドデッキでは、若菜と真太郎君がバーベキューの準備を始めていた。

私達に気付いた若菜が、小走りで降りてくる。

「瑠衣、お疲れ！　結城もありがとね！　二人っきりで瑠衣に襲われたりしなかった？」

ニコニコ笑いながらとんでもないことを言う若菜。だが、こうした会話はいつものことだ。

慣れている結城も、特に表情を変えたりしない。

「まーな、この通り無事だ」

二人のやり取りに呆れていたら、真太郎君がこちらにやって来た。

「瑠衣ちゃん、いらっしゃい！　長旅お疲れさま。えーと、結城君だね？　初めまして、高木《たかぎ》真太郎といいます」

「こちらこそ、お招きいただき、ありがとうございます。結城陽人です。お世話になります」

お互いに爽《さわ》やかな笑みを浮かべて、真太郎君と結城が握手する。

真太郎君は、全身から優しい人柄が滲《にじ》み出ているような人だ。ちょっと垂れ目なところが、狸《たぬき》に似ているような……って、狸は失礼かな……？

ちょっと気が強い若菜を、優しい真太郎君がふんわり包み込んでいる感じがして、凄くお似合いだと思っている。

「じゃ、二人とも中に入って。案内するよ」

私達は真太郎君と若菜の後ろについて、別荘にお邪魔した。

別荘の中も木の温かみを感じる素敵な造りをしている。二十畳はあろうかという広いリビングは、二階部分が吹き抜けになっていて開放感抜群だ。リビングから続くのは、広くて綺麗なキッチンと、豪華なバスルーム。

よくよく浴槽を見たら、なんとジャグジーが付いている。

私は思わず、感嘆の声を上げてしまった。

「す、凄い……ジャグジーが付いてる……！」

感動で震える私の隣に、若菜がすすす、と近づいてきて耳元で囁《ささや》く。

「ここのお風呂、最高よ。夜のお楽しみにしてね」

うわ～、滅茶苦茶楽しみ！

一階を一通り見て回った私達は、揃って二階へ移動する。

二階へ向かう階段の上部には優雅なシャンデリア。壁には花などを描いた絵画が並ぶ。そして二階は、全てゲスト用の個室となっており、私と結城が使わせてもらう部屋もそちらだという。

「瑠衣ちゃんと結城君は、このゲストルームをそれぞれ使ってね」

そう言って真太郎君が、ゲストルームのドアを開いてくれる。八畳ほどの広さの部屋に、立派なドレッサーと、綺麗にベッドメイキングされたセミダブルのベッドが置かれている。

すご～い！　素敵～!!

ついつい部屋の中を見つめ、うっとりしてしまう。

「どう？　瑠衣ちゃん気に入ってくれた？」

「えっ!?　気に入るなんてもんじゃないよ～！　こ、こんな素敵なお部屋を使わせていただけるなんて恐縮です！」

「そう？　よかった！」

喜ぶ私を見て、真太郎君はほっとしたような顔をする。

普段あまり旅行しないから、こんな素敵な部屋に泊まれるだけでもなんだかドキドキしちゃうよ。

早速、部屋に荷物を置かせてもらい、一階のリビングに集まる。すると若菜が、冷えた麦茶を出してくれた。

皆でリビングに置かれたL字型ソファーに座り、麦茶で喉《のど》を潤《うるお》す。

「ホントに素敵な別荘だね～！」

一息ついたところで、私が心の底からそう言うと、真太郎君が嬉しそうに微笑んだ。

「気に入ってもらえてよかったよ。短い間だけど、自分の家だと思って寛《くつろ》いでいってね」

「うん。ありがとう」

ここで若菜が美味《おい》しそうなホットドッグをテーブルに並べた。

太くてプリッとしたソーセージと、瑞々《みずみず》しいレタスがパンに挟まっていて、実に食欲をそそるビジュアルだ。

「何!? いつの間にこんな美味しそうなもの準備してたの!? さすが若菜！」

「ふふん。もっと褒《ほ》めて。このソーセージが凄く美味しいのよ～。食べてみて」

勧められるまま、私と結城はホットドッグを手に取り、一口かじる。たちまちジューシーな肉汁が口いっぱいに広がって、幸福な気持ちに包まれた。

「何これすんごく美味しい……！」

「ああ。マジで旨《うま》いなこれ」

驚いた様子でホットドッグを見た結城が、若菜に笑いかけた。

「でしょ！ そのパンもね、美味しいって評判のパン屋さんのなんだよ。ここってほんっと、美味しいものがたくさんあるから、出かけるとついつい買い過ぎちゃうの」

皆でホットドッグを食べている最中、真太郎君が口を開いた。

「食事の後は、町でも観光しようか。瑠衣ちゃんは昔来たことあるって言ったっけ？」

「うん。子供の頃に一度、親と来たの。昔過ぎてうろ覚えだけど、結構変わってるよね？　駅が凄く綺麗で大きくなってたし」

ここに来る間に見た印象を話すと、真太郎君が頷いた。

「ここ数年で新しいマンションが随分建ったし、ショッピングセンターもどんどん大きくなってるんだよ。おかげで、町の人口もかなり増えたみたいでね。親に言わせると、昔とえらく雰囲気が変わったようだよ。けど、旧軽井沢銀座の方は、以前とそんなに変わらない店もあるから、昔来たときの印象に近いかもしれないね」

じゃあ、食事の後はそこに行ってみようという話でまとまった。

そうして昼食の片づけを終え、私達は真太郎君が運転する車に乗り込んだ。

真太郎君がまず案内してくれたのは、国の重要文化財にもなっている歴史ある建物。木造の洋館で『軽井沢の鹿鳴館《ろくめいかん》』と呼ばれたホテルだった。

次に連れて行ってくれたのは、明治時代に建てられたという軽井沢最古の教会。周囲を木立に囲まれた小さくて簡素な礼拝堂だけど、今でもちゃんと使われていると聞いて驚く。

駅前の新しく開かれたイメージとは違う、歴史ある雰囲気を肌で感じて感慨深かった。

それから、観光客で賑《にぎ》わう旧軽井沢銀座商店街に移動して、私達も通りを散策し始める。こういう場合、必然的に若菜と真太郎君、私と結城という組み合わせになった。

さすが有名な観光地だけあって、連休ともなれば人で溢《あふ》れ返っている。

はぐれないようにしながら、周囲をキョロキョロと眺めていると、ふと視線を感じた。

目を向けると、若い女性のグループがこちらをじっと見ている。

女性達の視線の先にいたのは、結城だ。

あ……なるほど。結城を見ていたわけか……結城、イケメンだもんね。

一人納得して小さく頷いていたら、女性達の視線が私にも向いていることに気付く。

あからさまに値踏みされているような視線に、私はハッとした。

これは絶対、私を結城の彼女だと思ってるぞ。

前を歩く若菜と真太郎君を眺めてから、私はちらりと隣の結城を見上げる。

確かにこの状況なら、カップルに見えてもおかしくない。

私の視線に気付いた結城が、「なんだ？」と首を傾《かし》げた。

「……あの、なんかごめん」

「何が？」

いきなり謝る私に、結城が怪訝《けげん》そうな顔をする。

「いや、私と結城って、傍《はた》からはカップルに見えるんだろうな～と思って」

「それでなんで謝るんだよ。嫌なのか？」

「そういうわけじゃないけど……」

私はちらっと周りに視線を向ける。観光を楽しんでいる女の子達は、それぞれ可愛い恰好をしていた。それに比べて……

「若菜みたいに可愛い恰好してくればよかったかなー」

私が思わず口にした一言に、すかさず結城が私の服装を上から下までまじまじと見る。

「まあ、確かに。湯浅に比べると服装の可愛さでは負けるな」

「……だって、楽な恰好の方がいいかと思って」

今日の私は、スキニーパンツに緩《ゆる》いカットソーを合わせている。若菜はといえば、パステルカラーの膝上ワンピースに女優が被るようなつばの広い帽子という、軽やかな高原スタイル。

可愛さでいえば、ダントツで若菜の勝利だ。

「別に、似合ってるからいいんじゃねーの？」

再び前を向いた結城が、歩きながらさらっと言った。

「……え？　もしかして今、似合ってるって言った？」

あまりに驚いて、私は反射的に結城を見上げる。

「言ったけど。それが何？」

「結城がそんなこと言うの、初めて聞いた」

「そうか？」

結城はさして気にしていない様子で、すたすたと歩いていく。

「私の服なんか、見てないと思ってたし」

結城の横に並び歩幅を合わせた。

「全然見てないわけじゃねぇよ……ていうか、二、三年前のお前って、もうちょっと女の子っぽい恰好してたよな？　ああいう服ははもう着ないのか」

二、三年前って、そんな昔のことを覚えてるんだ……意外。
その頃の私は、まだ元カレと付き合っていて、女子力アップのためにファッション雑誌を見てコーディネートを考えたりしてたっけ。それが、彼氏と別れた途端、ぱったりと努力を止めてしまった。

おかげで洋服の趣味も、可愛いものから楽なものにシフトチェンジしちゃったんだけど……

「いや、なかなか着る機会がないだけで、お望みとあれば明日にでも着てみせましょうか？」

私は冗談めかして、結城の顔を覗《のぞ》き込みながら言ってみる。

別にいい……みたいな反応が返ってくると思っていたのに、結城はふっと優しく微笑んだ。

「そうか。楽しみにしてる」

――あれ？

予想と違う答えが返ってきて、戸惑ってしまう。思わずじっと結城を見るけれど、彼は涼しい顔をしていた。

――なんか今日の結城、いつもと感じが違って調子が狂うかも……

私はぽりぽりと頭を掻いてから、結城の後を追った。

皆で一通り店舗を覗いた後、有名なパン屋さんで明日の朝食用のパンを購入し、バーベキュー用の野菜や飲み物を調達するため町のスーパーに寄った。

若菜と真太郎君、私と結城で買うものを分担し、二手に分かれる。

飲み物を担当した私達は、飲料コーナーにやって来た。

私は禁酒中だけど、皆は飲むだろうし、どれくらい買っていけばいいかな。

冷蔵ケースの前で悩んでいると、結城が話しかけてきた。

「バーベキューなら皆飲むだろ？　余ったら分けりゃいいし、箱で買っていこうぜ」

そう言って、結城はケースの横に積まれていた缶ビールの箱をひょいと持ち上げた。

その瞬間、私の視線はビールケースを持つ彼の腕に釘付けになる。

半袖のシャツから覗く、血管の浮き上がった腕のなんと色っぽいこと。

実は私、男の人の血管の浮いた腕が大好きなのだ……

「おお……なかなかいい感じの……」

思わずじーっと結城の腕を見てしまった私を、ビールの箱をカートに乗せた彼が不思議そうに見つめる。

「何をそんなにじっくり見てんだ？」

「いや、別に……」

慌てて視線を逸《そ》らしたけど、結城の視線が痛い。でも、あなたの腕の血管見てましたなんて言えない。

「ほ、ほら、次行こう次！　ソフトドリンクも買わないと！」

なんとかその場を誤魔化して、結城の背をグイグイ押した。

「ああ？　なんだよ。こら押すなって」

文句を言いつつ、結城は楽しそうに笑っている。

私はつられたように笑みを浮かべ、カートを押して前を行く結城の後を追った。

割り振られたものを買い揃え、若菜達と合流する。

若菜と真太郎君が知人から頼まれたお土産《みやげ》を買いに行っている間、私と結城で会計を済ませ、持ってきたエコバッグに商品を詰める。

全て入れ終えて持ち上げてみたら、思っていた以上にずっしり重い。

「……車まで、カート使って運べばいいか」

誰に言ったわけでもなく、ぼそっと呟《つぶや》いた一言。だけど、横からひゅっと手が伸びてきた。

「貸せ」

そう言うや否や、私の眼前にあったエコバッグがひょいと持ち上げられる。

「あ……」

商品の詰まったエコバッグを持ち、肩にはビールの箱を担《かつ》いだ結城が、すたすたと歩いて行ってしまう。

うそ、荷物全部持ってくれたの？

結城の背中を見ながら呆然とする。やっぱり、今日の彼はいつもと違うみたい。

――どうしたんだろう。なんか、ちょっとだけドキドキしちゃったよ。

私と結城の間に流れるいつもとは少しだけ違う空気を感じながら、急いで彼の後を追うのだった。

それから別荘に戻ってきた私達は、早速バーベキューの支度を始めた。

結城と真太郎君がウッドデッキでバーベキューコンロの準備をしている間、私と若菜はキッチンで食材の用意を始める。

野菜を切ってお皿に並べる私の横で、料理上手な若菜がもやしのナムルや手作りドレッシングを添えた野菜サラダを手早く作っていった。若菜、素敵。お嫁さんにしたい。

「若菜〜。そのサラダすっごく美味《おい》しそう」

「そう？　ありがと〜。あ、そうだ」

若菜が何か思い出したように、キッチンの隅に置かれていた買い物袋を持ってくる。

「じゃじゃーん！　あんたの好きなサラミとウズラの卵の燻製《くんせい》だよー‼　近くのコンビニで見つけて、買っといたんだ。どうよ、私できる友達じゃない？」

ふふん、と鼻を鳴らした若菜が自慢げに袋から出したおつまみを高く掲げた。

ああ‼　若菜さん分かってるっ！　そうなんだよ、やっぱりビールのつまみには、それが一番なんだよネ！

禁酒していることも忘れ、若菜に感謝の言葉を伝えようとしたとき、ふと背後に人の気配を感じた。振り返ると、いつのまにかキッチンに結城がいて、こちらをじいっと見つめている。

「ウズラの卵の燻製」

「えっ……」

「お前、酔って俺に散々、それ買ってこいって騒いだの、覚えてねーの？」

衝撃の事実に野菜を切る手が止まる。

「わ、私そんなこと言ったの？」

「言ってた言ってた」

するると、隣で肉をお皿に盛りつけている若菜が、結城の言葉に頷いた。

なんてこと……。恥ずかしい、穴があったら入りたい。

「うう……でも、本当にこの二つは私の中でビールに合うおつまみベスト３に入る逸品なのよ！特にこのウズラの卵の燻製《くんせい》はね、口に入れた瞬間、独特の香りが広がって……」

思わず、おつまみに対する熱い思いを語る私の横で、若菜がお腹を抱えて笑っている。そして結城はと言えば、呆れたような眼差しで私を見ていた。

「水無……お前、その感覚まるっきりオヤジだぞ……」

「うっ。ほ、ほっといてよ!!」

私の剣幕に結城がブッ、と噴き出す。

「わ、悪い……」

「もう!!　ウケすぎ！　私だっていろいろ頑張ってたときがあったんだからね。でも、結婚するつもりでいた元カレに振られて、もういいやーってなっちゃったの。だから、どんなにオヤジっぽくても、好きな物は好きでいいじゃない」

「もう～、瑠衣は美人なんだから女捨てちゃダメ！」

半ば自棄《やけ》になってそう言うと、若菜に怒られた。更に、笑っていたはずの結城が何故かむっつりしている。

「……まだ好きなのか、前の男のことが」

急に機嫌が悪くなった結城の態度に私は困惑する。

「へ？　いや、全然。……それに、今はこの生活を楽しんでるし」

慌てて取り繕《つくろ》うと、結城がふーん、と言って目を逸《そ》らした。

すると、この微妙な空気を吹き飛ばすみたいに、若菜が声を上げる。

「そうよ、今を楽しむのが一番！　だから瑠衣も、今日は心置きなくビールとおつまみを堪能してね！　ここの地ビールすっごく美味《おい》しいから！」

若菜のありがたい提案に、つい心が揺れそうになるが私は禁酒中の身だ。

「若菜……ごめん。実は今、禁酒してるんだよ……」

すごーく残念な気持ちで若菜に告げる。すると若菜が、ええー!!　と大きな声を上げた。

「そんなあ！　せっかくの旅行なのに飲まないの？　もったいないよ！　今日は私達だけだし、気にしなくっていいわよ！」

「そうだな。別に今日くらい飲んだっていいんじゃねえの」

今まで黙っていた結城も若菜の言葉に賛同する。機嫌が戻ったようで、ちょっとほっとした。

だが次の瞬間、結城が真面目な顔で私に釘を刺す。

「でも、記憶なくすまでは飲むなよ」

「はいっ……！」

もちろんです！

準備ができたところで、いよいよお楽しみのバーベキュータイムの始まりだ。

全員でウッドデッキに集まり、コンロの上に玉ねぎやピーマン、椎茸《しいたけ》を並べていく。そこそこ火が通ったところで、お待ちかねの食材とのご対面。

若菜がいそいそと持ってきたのは、噂の信州牛のステーキ肉!!

私の頭の中は、たちまちお肉のことでいっぱいになった。

「結城～お肉だよ！　あれ、すっごく美味《おい》しいらしいよ。楽しみ～」

滅多にお目にかかれない高級なお肉を前にテンションが上がった私を、結城が至極冷静に見つめてくる。

「お前、そんなに肉に飢えてたのか……。分かったよ、来年から、お前の誕生日には生肉を贈ってやる」

誕生日に生肉はちょっとヤダ。

「じゃあお肉並べるよ～！　あんまり火が通り過ぎると美味しさ半減するから、さっと食べてね」

若菜から肉の載った皿を受け取った真太郎君が、網の上にお肉を並べ始めた。

他の三人は、お皿とお箸《はし》を持って肉が焼けるのをただひたすら待つ。

「このお肉ね、真ちゃんのお父様の知り合いの業者さんから、特別に分けてもらった美味しいお肉なんだって！」

若菜がお肉を指さしながら、ひそひそ教えてくれる。いつも冷静な彼女ですら若干、興奮気味だ。

そうだろうね～！　だってこのお肉、ありえないくらい霜降《しもふ》ってるもん!!

見ているだけで唾液の分泌が加速し、私はごくりと唾を呑み込んだ。

すると、隣にいた結城が、思わずと言ったように声をかけてくる。

「おい……なんだよあの凄い霜降り……口に入れた瞬間、溶けるだろあれは」

どうやら結城も一目見てあの肉の虜《とりこ》になったようだ。

「なかなか食べられない代物みたいだからね。じっくり美味しさを堪能するのよ。あ、お薦めの食べ方は塩とワサビだって」

得意になった私が、結城にそう教えてあげる。

「へぇ〜塩ワサビか。初めてだ」

「そうなの、実は私も真太郎君に教えてもらったんだ。彼が知り合いのお肉屋さんから聞いたお薦めの食べ方なんだって」

私の言葉に、結城は興味深げになるほど、と頷いた。

そこで肉を焼いていた真太郎君が私達に声をかける。

「肉が焼けたよー！　皿持ってきて〜」

すると結城が私の肩をトン、と小突く。

「ほら、肉が食いたかったんだろ！　お前が先に行けよ」

「えっ、いいの？　じゃ、じゃあ、お言葉に甘えて……」

結城の優しさに感謝しながら、お皿に一口大にカットされたお肉を入れてもらう。

早速、塩とワサビをつけて、いよいよ実食！

お肉を噛んだ瞬間、ジュワッと甘い脂《あぶら》の味が口の中いっぱいに広がる。かと思ったら、大して噛みもしないうちにあっという間に溶けてなくなった。

「どうだ？　信州牛の味は」

あまりの美味《おい》しさに言葉もなく身を震わせていると、結城に顔を覗《のぞ》き込まれる。

「こ……これは……やばいよ！　結城も食べてみなよ、言葉出ないから！」

「お、おお」

勧められるまま、結城も塩とワサビをつけてお肉を口に入れた。直後、私を見て何度も頷いた。

「なんだこれ……ほんとハンパねえな！　口に入れたら消えたぞ。それに塩ワサビ、マジうめえわ」

「ねー！」

結城が肉の旨《うま》さを味わうように、目を閉じてゆっくり噛みしめている。

本当に美味しい。こんなお肉が食べられるなんて、真太郎君には感謝の気持ちしかない。

「肉も旨いけど、今日買ってきたソーセージもすげー旨いぞ」

結城が焼き目のついたソーセージにガブリと食いつく。

「あー、ハーブが入ったやつでしょ。それ美味しいよね。私も好き」

さっき同じソーセージを食べて、そう思った私は結城に賛同した。すると結城が、なんだか嬉しそうに微笑む。そんなふうに笑いかけられると、私も嬉しくなっちゃうな。

プライベートで結城と話すのは思っていた以上に楽しい。こんなことなら、もっと早く、いろいろ話してたらよかったな……

そんなことを考えていた私に地ビールを注《つ》ぎながら、結城が向き直ってきた。

「バーベキューなんて随分久しぶりだけど、こうやって外で食べるのもいいもんだな」

「そうだね。場所がいいからなおさらだよ。空気も美味しいしね」

私の言葉に、結城が「確かに」と言って笑う。

「瑠衣ー！　お肉どうだった？　美味しかった？」

若菜がニコニコしながら私の隣にやって来た。私は満面の笑みで、若菜にグッと親指を立てて見せる。

「最高！　ね、結城」

「おう。これは納得の旨さだ」

私達の答えに、若菜の顔が輝いた。

「でしょ～美味しいよねえ。まだあるから、食べて食べて！　飲み物は？　ビールもあるし、ソフトドリンクもあるよ」

「あ、じゃあ私ウーロン茶もらおうかな」

酒ばっかり飲むのも、アレですから……自制、自制っと！

新しい紙コップを用意していると、すかさずウーロン茶が注がれる。

「あれ？」

見ると、いつの間にか側に来ていた結城が、私のコップにお茶を注いでくれた。

「……ありがとう」

「こんなの、礼言われるようなことじゃねーだろ」

結城が苦笑して、自分のビールを持ってコンロの方に戻って行った。

彼の背中を見送りながら、ウーロン茶の入った紙コップを見る。

やっぱり今日の結城はいつもより優しい。

それに、距離が近いような気がした。街を散策してるときも、スーパーで買い物をしているときも、気付けば腕が当たるくらいの距離にいる。

普段ならなんとも思わないのに、今日はこの微妙な距離がやけに気になってしまう。

だって、今までふざけ合っていた相手が、いきなり助手席のドアを開けてくれたり、さりげなく荷物を持ってくれたりなんて女扱いをしてきたら、調子が狂うのは当然だ。

だけど……今、若菜や真太郎君と楽しそうに話をしている結城を見ていると、気のせいかな、とも思う。

結城のプライベートなんて知らないし、もしかしたら、今日の見慣れない結城も元々彼が持っていた一面なのかもしれない。

そんなことを考えながら、私もコンロの近くへ移動して、再びお肉を味わった。

バーベキューを楽しんでいるうちに辺りが暗くなってきたので、私達は片づけを始めた。空いたお皿を持ってキッチンとウッドデッキを往復している私に、若菜が「そういえば」と声をかけてきた。

「この別荘、あんたの好きな時代劇のＤＶＤたくさんあるよ。観る？」

「えっ、そうなの⁉　観たい観たい観たい！」

私のテンションが一気に上がる。

なんたって、ここのテレビは五十インチはあろうかという大画面だ。きっと迫力満点に違いない。

私がうっとりしていると、ちょうど私の後ろを通り過ぎた結城がぼそりと「時代劇……」と呟《つぶや》いたのが聞こえた。

「なによ、美味《おい》しいお酒と時代劇は最高の組み合わせなんだからね。後で観させてもらおう！」

「時代劇とビールの組み合わせ、うちの親父がよくやってるぜ」

そう言って結城が、ククッと肩を震わせる。

だけど、今の私は目の前の楽しみに心が寛大になっていた。

「何言われたって、いいもん。好きなものは好きなんだからいいじゃない」

「別に、悪いなんて言ってない。確かに面白いからな、時代劇。ハマるのは分かる」

ツーンとそっぽを向いていた顔を、驚いて結城に戻す。

「なんだよ、俺が時代劇観てたらおかしいか？」

慌ててブンブン首を振る。

——おお？

なんだろう、私、結城に肯定されると嬉しいぞ……

ついつい緩《ゆる》みそうになる口元を引き締めていると、手に持っていた食器を横から取り上げられる。

「食器はこれで最後？」

結城が食器を持ちながら私に尋ねてくる。

「ううん。もうちょっと」

「じゃあ残りは俺が運ぶから、お前は湯浅を手伝ってやれば」

結城が、キッチンで洗い物を始めた若菜をクイと顎《あご》で示す。

「あっ、そうだね！　若菜！　それ私がやるから！」

「え、いいの～？」

洗い物を中断し、若菜がパッと顔を上げる。

「うん。お世話になってるんだから、これくらいはやらせて！」

一晩お世話になるんだし、これぐらいはしないとね。

「じゃあお願いしちゃおうかな」

私はシンクの前に移動し、洗い物係を若菜と交代する。

「若菜は真太郎君とのんびりテレビでも観てて。こっちは私と結城で片づけるから」

「まー、優しい！　ではお言葉に甘えまーす！」

にこにこしながら若菜がリビングに戻って行くのを見送り、洗い物を開始する。

すると結城も「手伝う」と言ってこちらにやって来た。

私が食器を洗って食器カゴに入れると、それを手早く布巾《ふきん》で拭《ふ》いて食器棚に仕舞って行く結城。

その動きがとてもスムーズで、手馴れているように見えた。

「……結城、手際がいいね。普段自分で料理とかするの？」

「そんなにしてるわけじゃないけど、簡単なものなら作れるよ。一人暮らしが長けりゃ、自然と身に付くだろ、それくらいは」

「へえ～、なんか意外。結城って料理できるんだ」

顔が良くて、さり気ない気遣いもできる営業企画部のホープ。その上、料理まで嗜《たしな》むなんて、モテる要素がまた一つ増えたぞ。

「おまえより上手《うま》かったりしてな」

結城が私を見てニヤリと笑った。その態度についムキになって反論する。

「言っとくけど、私も料理はそれなりにできますから！　今日はたまたま、若菜にお任せしてただけであって！　私だって……」

「はいはい」

ムキになった私を結城がさらりとかわす。

「もうっ！　ちゃんと聞いてるっ⁉」

「聞いてる聞いてる」

うっすら口元に笑みを浮かべながら、結城が最後の食器を片づけた。

「よし、終わった。戻ろうぜ」

「あ、うん」

私達が片づけを終えてリビングに行くと、若菜と真太郎君は二人で窓辺のテーブルでオセロをやっていた。

なので私と結城はリビングの大きなテレビで時代劇を観ることにする。

ビールとおつまみをテーブルに置き、私が選んだ時代劇のＤＶＤをプレーヤーにセットした。そして、私と結城は立派な革製のソファーに並んで座る。

リモコンを操作し、いそいそと再生ボタンを押した。直後、大画面に映し出される見覚えのあるオープニング映像に、私だけでなく隣の結城まで「おおー！」と声を上げた。

「結城もこれ観てたの？」

「ああ。うちのオヤジが時代劇好きでさ。子供の頃とかよく家族で観てたんだ。懐《なつ》かしいな」

「そっかー。私も子供の頃よく祖父と観てたんだ。一緒だね」

まさか、こうして結城と一緒に時代劇を観る日が来るとは思わなかったな。でもなんか楽しい。

「時代劇ってさ、凄く分かりやすく作ってあるだろ。見るからに善人は善人だし、悪人は悪人でさ。役割と展開がはっきりしてるから、観ててスッキリするんだろうな」

視線はテレビの方を向いたまま、結城がそんなことを言う。

「見た瞬間に分かるもんね。ああ～こいつが悪の親玉だなって」

おつまみをつまんで笑う私に、結城も「そうそう」と言って笑った。

「あとさ、よく年末にやってる忠臣蔵も結構好き」

「ああ!!　私も好き！　討ち入りの場面が好きで好きで……」

私達はＤＶＤを観ながら、夢中で時代劇談議に花を咲かせる。

何本か続けて観たところで若菜と真太郎君が「朝早かったから、先に休むね～」と寝室に引き上げていった。

ふと時間が気になって時計を見ると、十時を回っていた。

あ、もうこんな時間か。結城との時代劇話が意外に盛り上がったせいもあって、全然気が付かなかった。

「あと一本観たら私達も寝ようか」

「そうだな」

簡単にテーブルの上を片づけて、二人で最後の一本を観始めた。

若菜達がいなくなったことで、ぐっと静けさを増したリビングにテレビの音が流れる。

大好きな時代劇を観ているのに、久しぶりに飲んだアルコールのせいか、徐々に瞼《まぶた》が重くなってくる。

気付けば私は、いつの間にかソファーの上で眠ってしまっていた。

ふっと、微睡《まどろ》む私の頬に柔らかい感触が降りてくる。

――ん……？

なんだろう今の……柔らかくて、温かい……それになんだか優しい感じがした……

「水無。ここで寝るな」

結城の声と肩を揺すられる感覚でハッと目が覚めた。

「ん……あれ？　私、寝ちゃってた？」

テレビ画面を見ると、さっきまで観ていたＤＶＤはすでに終わっていた。

どうやら私は、物語の後半部分を丸っと眠っていたらしい。

「途中から船こいでたぞ。俺達も、そろそろ寝るか？」

「そうだね、そうしようか……おっと」

目を擦《こす》りつつソファーから立ち上がると、ちょっとだけ足元がふらついた。結城が咄嗟《とっさ》に手を伸ばして、よろけた私の体を支えてくれる。

「大丈夫か」

「あ、ごめん……」

「しょうがねえな。部屋まで連れてってやるよ」

そう言った結城の手が私の腰に回される。思いがけない急接近に、つい「わっ！」と悲鳴を上げてしまった。

戸惑いつつ彼を見上げると、何か問題でも？　と言いたげな顔で見下ろされる。

「や、あの、結城、大丈夫だよ一人で行ける……」

「いいからつかまれ。お前、前科があり過ぎて心配なんだよ。これで階段から落っこちたりしたら、止めなかった俺にも責任あることになるだろ」

「はい、すみません……」

結城の正論に何も言い返せず、しょんぼりと項垂《うなだ》れる。

つい先日やらかしたばかりだというのに、楽しくてつい飲み過ぎちゃった。

私の悪い癖だな……またしても反省。

仕方なく結城に腰を抱かれたまま、二階のベッドルームまで連れて行ってもらう。

支えられてベッドに腰掛け、ふうっと息をついた私は結城を見上げる。

「ありがとう。もう大丈夫だから結城も休んで」

「ああ……」

しかし、何故か結城は、ベッドの脇に立って私をじっと見ている。その表情は、なんだか酷《ひど》く苛《いら》ついているようだ。

もしかして、気付かないうちにまた何かやらかした……？

「ご、ごめん。私、調子に乗って結城に迷惑かけた……」

私が慌てて謝ると、結城はふー、と息を吐き首を左右に振った。

「違う。そういうことじゃなくて……水無」

そう言って、おもむろに結城が私の隣に座る。そして、熱い眼差しで見つめてきた。

急に変わった部屋の空気に、緊張感が増す。

「ど、どうしたの……」

「お前、俺のことどう思ってる？」

私との距離を詰めてきた結城が、真剣な面持《おもも》ちで聞いてきた。

「え……どうって、同期の中でも気楽に付き合える貴重な相手だと……」

しどろもどろになりつつ、頭に浮かんだことを伝えたのだが、結城が聞いたのはそういうことではなかったらしい。彼は再び、はあっと大きなため息をついた。

「そうじゃない」

すると結城が、苛立《いらだ》ったように視線を逸《そ》らし、頭をガシガシと掻きむしった。

――まさか、あの日の相手って結城……!? もしかして、それを言おうとしてるの？

そう思った私の顔から、サーッと血の気が引いていく。心臓が、どくんどくんと嫌な音を立てているのが分かった。

「そ、それって、どういう意味……？ もしかして、結城……私と……」

隣にいる結城の顔を凝視しながら、私の口から言葉が漏《も》れる。でも、そこから先を言葉にすることができない。

すると、痺《しび》れを切らした結城が、私に向かってはっきり言った。

「俺が聞きたいのは、恋愛対象として見られるかどうか、だ」

「恋、愛……」

――え？

考えていたのとはまったく違う言葉を言われて、ポカンとしてしまう。真っ直ぐ私を見つめる結城をまじまじと見返した。

「俺、お前のことが好きだ」

――!!

予想外の結城の告白に、私は目を見開いて固まった。

「まあ、驚くよな……」

固まったまま動かない私を見て、結城が苦笑する。

「……な、何っ？　結城ったら、いきなり、そんな冗談……」

「冗談じゃない」

動揺する私を真剣に見つめ、結城はやや被せ気味に私の言葉を遮《さえぎ》った。

――ちょっ、ちょっと待って！

あまりに突然過ぎて、頭が上手《うま》く働かない。

あの夜の相手がはっきりするのかと思いきや、まさかの告白だなんて……

そもそも私達は、知り合ってもう六年になるわけで。

なのに、何故告白してくるのがこのタイミングなの？

眉根を寄せて絶句している私を見て、結城が何度目か分からないため息をついた。

「やっぱり全っ然気が付いてなかったのか……まあ、お前の態度からしてそうじゃないかとは思っていたけど……」

気付くって何を⁉　だって、今までそんな素振りまったく見せなかったじゃない⁉

そこで、はたとあることに気付く。

もしかして、今日はやけに優しかったり、近くにいたのは……

ええっ。まさかあれ、さり気なくアプローチされてた⁉

今日感じた違和感の正体に気付き、思わず頭を抱えたくなった。

いくら色恋から遠ざかっていたからって、私どれだけ鈍いのよっ。

「ていうか、結城いつから私のこと……」

「あー……」

私の問いかけに、結城が空中に視線を彷徨《さまよ》わせる。

「入社した頃から可愛いと思ってた。はっきり意識したのは、お前が彼氏と別れた頃だけど」

「……!!」

か、可愛い!? 結城、私のことそんなふうに思ってたの!?

どうしよう。なんか、さっきとは違うドキドキで胸が苦しくなってきた。それに、顔が熱くなってきたような気がする。

結城がベッドの上にあった私の手に、自分の手を重ねてきた。その瞬間、ビクッと私の肩が跳ねる。

「お前、今好きなやつとかいるの」

「……好きな人はいない、けど……」

結城の手が、私の手をぎゅっと握った。

「じゃあ、俺がお前と付き合いたいって言ったらどうする?」

どうするって。どうしたらいいんだろう……

「きゅ、急にそんなこと言われても……分かんないよ」

いい年してあたふたする私を見て、結城が困ったように笑う。

「まあいいさ、これから意識してくれれば」

「え、意識って……」

結城の言葉に驚いて思わず隣を見上げると、両頬を彼の手に挟まれた。

「これから、本気でお前を落としにいく」

間近から熱を孕《はら》んだ瞳で見つめられ、ごくりと生唾を呑み込んだ。

「ゆ、ゆう……」

急に男の顔になった、と思った次の瞬間、唇を柔らかな感触で塞《ふさ》がれた。

茫然《ぼうぜん》としている私に、結城はちゅ、と触れるだけのキスを繰り返す。苦しくなった私が空気を求めて口を開くと、すかさず唇の間から彼の舌が滑り込んできた。

「んっ‼ ……ふぁ」

結城の熱い舌が私の舌を絡《から》め取る。クチュクチュと淫《みだ》らな水音がやけに大きく聞こえた。

——何、これ……

結城による私の唇への猛攻は止《と》まることを知らない。

後頭部をしっかり押さえられ、逃げることもできない私は必死でキスについていく。しばらくして結城が唇を離し、鼻先が触れ合う距離でじっと見つめてきた。

「嫌か？」

どこか心配そうに、彼は私の反応を窺《うかが》っている。

「……っ」

私は何も言えず、ただ俯《うつむ》いた。

「……嫌じゃないなら、やめない」

結城の呟《つぶや》きに、ハッと顔を上げた瞬間、再び唇を塞がれる。

結城の薄い唇が優しく私の唇を食《は》み、その後、深く口付けられた。すぐに入ってきた彼の舌が私の口腔《こうこう》を犯していく。

「ん……っ」

さすがに苦しくなって、彼の唇から逃げるように体を反《そ》らす。そのまま結城が覆《おお》い被さってきて、私達はベッドに倒れ込んだ。

「んんっ、結城、ちょっと、待って……」

「水無……好きだ」

聞いたことのないような結城の甘い声に、私の心臓が大きく跳ねる。

思わず流されそうになるが、明確な意思を持って体に触れてくる結城の手に戸惑いが湧く。

先を急ぐ結城の動きを、なんとか止めようと重なる胸をぐっと押す。けれど、想像以上に彼の力が強くて、びくともしない。

うわーん！　いつも可愛いとか綺麗とか言ってからかってごめん!!

心の中で結城に謝るけれど状況が改善するはずもなく、キスを繰り返す結城の手が私の胸の上に重なった。

――まずい……！　この流れはまずいって！

酔っぱらって思考能力の落ちた頭で必死に考えを巡《めぐ》らせる。だけど、その間も結城の手は動きを止めず、更に大胆になっていく。

気が付けばふにふにと乳房を揉《も》まれて、キュッと先端を服の上から摘《つ》ままれた。

「あんっ……!!」

つい恥ずかしい声が漏《も》れてしまう。

このままじゃいけない――そう思うのに、優しく私に触れる結城の温もりに、思考とは裏腹に体が熱くなってきた。

それを裏付けるように、私の胸の先端は服の上からでも分かるくらい己の存在を主張している。

「服の上からでも分かるな」

キスを解き、結城が私の体をじっと見下ろす。

「本当に嫌か？」

「え……」

私、本当はどう思ってるの？　結城に触れられて嫌じゃない？

ううん……それどころか、むしろ……

脳裏に浮かんだ考えに動揺して、私は目を見開いた。

次の瞬間、結城が唇を塞《ふさ》いでくる。

「んっ……」

チュッ、チュッと啄《ついば》むようなキスを繰り返した後、まるで唇ごと奪うみたいに深く重ねてきた。

唇を合わせたまま、結城は私のカットソーを捲《めく》り上げブラジャーに包まれた胸を露《あら》わにする。そうして、キスを止めた結城は、真剣な表情で私を見つめてきた。

「本当に嫌なら、力ずくで俺を止めろよ」

そう言うと結城がブラジャーから覗《のぞ》く胸の膨《ふく》らみにちゅっとキスをする。それと同時に、もう片方の手が私の背中に回り、パチンとホックを外した。

「えっ、ちょ、結城……」

胸を締め付ける感覚が無くなったかと思うと、素早い動きでブラを捲《まく》り上げられる。直後、乳房の先端に結城が舌を這《は》わせた。

「あっ……」

ゆっくりと優しく舐《な》め転がされて、背中にゾクゾクと寒気のような快感が走る。

「どんどん勃《た》ち上がってくる。舐めてって言ってるみたいだな」

戸惑う気持ちとは裏腹にみるみる硬くなるそれに、恥ずかしくて一気に顔が火照《ほて》った。

そんな私に対し結城はどこか余裕がある感じ。私の胸の先端を舐めつつ、反対側を指の腹でくりくりと弄《いじ》り続ける。

「いやっ、もう……」

止めなきゃいけないと頭では分かっているのに、私の口から出るのは嬌声《きょうせい》ばかり。

だって、気持ちよくてたまらないんだもの。その証拠に、体はしっかり感じてしまっていた。

与えられる快感で頭が蕩《とろ》けてしまいそうだ。下半身に、じんわりと熱が集まってくる。

胸から顔を上げた結城が、大きな掌《てのひら》で私の乳房をふんわりと掴《つか》み優しく揉《も》み込む。

「すげえ柔らかい」

両手で乳房を揉みつつ、彼は再び先端を口に含んで優しく吸い上げた。

「んんっ……!!」

もどかしいほどの快感に襲われ、ビクンと身を反《そ》らす。

「……ここ、気持ちいいんだ？」

私の反応を見て気を良くしたのか、結城が強く先端を吸い上げた。再び襲いくる快感の波に耐え切れず私はまた仰《の》け反《ぞ》った。

「あっ、は……ああっ……」

胸から顔を上げた結城は、もう片方も口に含む。ジュルジュルと音を立てて吸われたそこは唾液で艶《なま》めかしく光り、それを見て私の下半身が甘く疼《うず》いた。

こんなことを、結城にされてるなんて……

はあはあと息を乱す私の胸を揉みながら、結城はお腹の辺りに何度もキスを落としていく。そして、スキニーパンツのホックに手をかけた。

「あっ……」

ここで私は我に返った。

脳裏をよぎるのは、あの飲み会の夜の醜態《しゅうたい》。

――私このままじゃ、酔っぱらったら誰とでも寝る女になっちゃう……!!

いけない！　そう思った瞬間、私は結城の手をがしっと掴み、その動きを止めた。

「ダ、ダメ!!　ストップ!!」

「……ここで止めるか」

さすがに結城の声に不服そうな色が滲《にじ》む。

「だって、その……」

上手《うま》く理由が説明できない私に、結城が肩の力を抜いたように息を吐いた。無言で私から離れるとベッドに腰掛ける。その間に、私は慌てて露《あら》わになった胸を両腕で隠した。

「まあ……いきなりガッついた俺も悪かったよな。ごめん」

謝られるとそれはそれで困ってしまう。

結城のキスや愛撫で感じてしまったのは事実なので、私の気持ちも複雑だ。

「あ……」

謝らなくてもいい……と言おうとした私の頬に、結城の手が触れる。

「でもお前さ……俺のこと結構好きなんじゃないか？」

「はっ!?　な、何をいきなり……」

思わず身を捩《よじ》って結城の手から逃げた。

「だってお前、嫌がらなかったからさ……嫌いだったら、もっと前から拒否してただろ？」

うっ、た、確かに……

「……だからって、なんでそんなに自信たっぷりなのよっ！　ムカつくんだけど!!」

照れ隠しもあって、ついムキになって反論してしまう。

すると結城は肩を竦《すく》めて苦笑した後、すっと立ち上がった。

「仕方ないから、今日のところは引いてやるよ」

でも……と、結城が私を真っ直ぐに見下ろす。

「これからは手加減なしでどんどん攻めるから。覚悟しとけよ」

結城がきっぱりと、不敵な笑みを浮かべて宣言した。

「か、覚悟って……」

そんな結城の顔に、不覚にもドキッとしてしまう。

「じゃ、酔いが醒《さ》めたらさっさと風呂入って荷造りしておけよ。明日も早いからな」

そう言って、結城はあっさり部屋を出て行った。一人残された私は、ベッドの上でポカーンと彼が出て行ったドアを見つめる。

あ、あんなことしておきながら、あっさり出ていくなあ――!!

心の中でそう叫びつつ、私は勢いよくベッドに突っ伏した。大声で叫びたいような、やり場の無い気持ちを持て余し、私はゴロゴロとベッドの上を転がる。

すっかり酔いが醒めてしまった私は、ひとまず置かれた状況について考えてみた。

結城が私のことを好きで、落としにいく……？

え――っ??

ど、ど、どうしよう……!!

あんなこと言われて、意識しないでいるなんてできるわけないじゃん……！

これじゃあ、結城の術中にまんまとハマっているようなものじゃないか。

私は動揺とドキドキとが混在する不思議な気持ちのまま、否が応もなく結城のことを考えさせられるのだった。


翌朝。

カーテンの隙間から太陽の光が差し込んでくる。

起きなければいけないけど、もう少しこのふかふかな布団の中で微睡《まどろ》んでいたい。

なんて思いながらゴロゴロしていた私の頭上から低い声が降ってきた。

「おい、水無。起きろ」

「………ん？」

結城の声⁉

反射的に布団から顔を出すと、腕組みをしながら部屋のドアに凭《もた》れている結城の姿があった。

「え？　え？」

あれ？　なんでここに結城がいるの？

起き抜けの頭では上手《うま》く状況が理解できず、彼の顔を見たまま固まる。

「もう八時近いぞ。そろそろ朝飯にするってよ」

あ、思い出した！

そうだった。私達、真太郎君ちの別荘に来てたんだっけ。それで、結城と……

キャ――――ッ‼

「ゆっ、ゆうきっ……！」

急に結城を意識し出した私を見て、彼はなんだか可笑《おか》しそうにフッと声を漏《も》らす。

「ちゃんと目が覚めたみたいだな」

「な、なんであんたが……⁉」

布団を掴《つか》んだまま、ズリズリとベッドの上を後ずさる。

私の行動を見ていた結城は組んでいた腕を解くと、つかつかとベッドに近づきドサッと腰掛けた。

「言っただろ、これから本気出すって……だから、率先してお前を起こす役目を仰せつかってきた」

ニヤリ、と不敵な笑みを浮かべて、結城が私の顔を覗《のぞ》き込んできた。

「……っ！」

朝から捕食モード全開で迫る結城に、思わず息を呑む。

「ほら、さっさと支度しろよ。起きられないんだったら手貸すぞ？」

「なっ、何言ってんの！　一人で、起きられますっ」

がばっと布団を剥《は》いで、ベッドから降りる。何気なく自分の姿を見下ろして愕然《がくぜん》とした。

なんと、寝間着代わりに着ていたTシャツから、下着をつけていない胸の形がくっきり浮かび上がっている。わっと叫んで胸の辺りを手で押さえた。

――み、見られた⁉

即座に結城の顔を窺《うかが》ったら、私を見て可笑しそうに肩を震わせている。

「もう！　何笑ってんのよ‼」

「お前、身構え過ぎだろ」

「くっ……」

平静を装いたいのに、なんでこうなっちゃうの、私ったら。

「それよりお前、あの後ちゃんと荷物まとめたのか？　朝食済ませたら出発するぞ」

ん？　出発時間？　そんなの昨日聞いたっけ？

「あっ、え？　そうだっけ……」

「昨日言っといただろ。荷造りしておけよって」

必死で記憶の糸をたぐるが、まったく思い出せない。

目を泳がせる私を見て、結城は「だと思った」とため息をついた。

「どうせ他のことで頭いっぱいだったんだろ」

言いながら、私の顔を覗《のぞ》き込んでニヤリと笑う。

こっちは昨夜、動揺し過ぎてなかなか寝付けなかったっていうのに、その元凶が涼しい顔して、こんなこと言ってくるなんて……なんかムカつく!!

「だっ、誰のせいだと思って……!!」

真っ赤になりながら反論すると、「俺のせい？」と返され、私は黙り込んだ。

ぶつけどころのない怒りでわなわなと震える私に、結城は嬉しそうに微笑む。

「その調子で俺のこと、どんどん意識してって」

言うだけ言って、結城が出て行った。そのドアをしばらく眺めた後、私は頭を抱えて大きなため息を吐いた。

結城って、こんな奴だったの？　単に今まで私が知らなかっただけ？

いろいろ冷静になって考えたいところだけど、まずは顔を洗って着替えだと考えたところで、ハッと昨日の約束を思い出す。

——そういえば、可愛い服着るって約束しちゃったけど、この状況で着ないといけないの？

そのことに気付いた私は、両手を頭に持っていき、叫んだ。

「も、も————っ!!」

完全にキャパオーバー、である。


「あの———……二人とも、昨日何かあったの？」

黙々と朝食を食べる私と結城を交互に見やり、若菜が不思議そうに尋ねてきた。

「いや？　何もないけど」

本当に何もなかったかのように、しれっと結城が答える。

嘘ばっかり！

「そ、そう？　ならいいんだけど。瑠衣も忘れもの無いように、荷物確認してね」

「……うん、ありがとう」

ああ、こんなはずじゃなかったのに。

当初は、高原でのんびり美味《おい》しいもの食べて、リフレッシュするつもりでいた。

それが、とんでもない状況に陥《おちい》ってしまった……

他の二人にバレないよう、私は心の中で肩を落とす。

食事の片づけの後、急いで帰り支度を済ませてリビングに下りた。

もうちょっとのんびりして帰る、という真太郎君と若菜に改めてお礼を言い、先に帰路に就く私と結城。

というか、あんなことがあった後に、結城と密室で二人きりだなんて……

別荘の外に出て、結城の車の近くまで来たものの、どうしたって気が重くなる。

よし、やっぱり帰りは、若菜達と一緒に帰らせてもらおう。そう決意して踵《きびす》を返した私の腕を、結城は逃がさんとばかりにがしっと掴《つか》んだ。

「ひいっ!」

「何、驚いてんだ。つーかどこ行くんだよ。ほら、はやく乗れ」

私の思惑など端《はな》からお見通しなのか、結城が助手席のドアを開けてじろりと睨《にら》んでくる。

「……わ、分かりました……」

これ以上の抵抗は無意味だと悟り、仕方なく私は結城の車に乗り込んだ。

同じく車に乗り込み、窓を開けた結城が真太郎君と若菜に声をかける。

「真太郎さんお世話になりました。湯浅もありがとな」

「こちらこそ楽しかったよ。気を付けて帰ってね～」

真太郎君はニコニコしながら、結城に手を振っている。その横で若菜も手を振る。

「じゃ、瑠衣。また会社でね～」

「うん、いろいろお世話になりました。また会社でね……」

「じゃ、行くわ」

そう言って手を上げ、結城が車を発進させる。

「いい別荘だったな。真太郎さんも感じのいい人だったし」

「……そうだね」

「機会があればぜひまたお邪魔させてもらいたいもんだ」

「……」

いつもより饒舌《じょうぜつ》な結城を横目で見ながら、私はむっつりと黙り込む。

なんでいつも通りなのよ。というか、いつもよりご機嫌に見えてしまうのは気のせい？

こっちはめちゃくちゃ結城を意識してるってのに、向こうばっかり余裕でムカつくんですけど。

大体、約束だと思ってワンピース着たっていうのに、なんの反応もないわけ？

――楽しみにしてるって言ったくせに……

つい自分の服装に視線を落とす。

はっ。いやいや、べっ、別に見てほしかったわけじゃないけどね！

一人で恥ずかしくなって、手でパタパタと顔を扇ぐ。

特に会話もなく車に乗っていたら、次第に眠くなってきた。

自然に出てくる欠伸《あくび》を何回か堪《こら》えたところで、結城が声をかけてくる。

「眠かったら寝ててもいいぞ」

確かに昨夜なかなか寝られなかったせいもあって、睡眠は十分とは言えない。

でも昨日の今日で、呑気に助手席で寝るのはちょっとどうかと思う。

「ありがとう。でも大丈夫」

「無理するなよ。お前、見るからに顔が眠たそうだし。寝不足にさせた責任も感じるから、遠慮すんな」

言われた瞬間、リアルに昨夜のことを思い出してしまい顔が熱くなった。

「も、もうっ！　そういうこと言わないでよっ」

「だって事実だろ？　安心しろよ。さすがに寝込みを襲うほど飢えてねーから」

「なっ！　何言ってんのよ！　昨日襲ったじゃん‼」

そう反論すると、結城が笑って肩を竦《すく》める。

「まあ、そうなんだけどさ。運転しながら襲うなんて器用なことできねーだろ？　ほら、いいから寝てろよ」

結城の横顔を窺《うかが》いつつ、まあ確かに結城は寝込みを襲うようなことはしないだろう、と私は腹をくくる。それに眠気がそろそろ我慢の限界だ。

「……分かった。じゃあ、ちょっとだけ寝かせてもらう」

そう言った私に、ちらりと横目で視線をくれた後、結城は綺麗な顔を綻《ほころ》ばせて「どうぞ」と告げる。

彼の言動にいちいち動揺してしまう自分に狼狽《うろた》えながら、私はそっと目を閉じた。

「――着いたぞ」

「へえ……？」

低く柔らかな結城の声が頭に響く。

運転中にしてはやけに静かだなと思いつつ、ゆっくり目を開いた。

「あれ……」

目の前には、私のマンションの近くのコンビニエンスストア。

一瞬で状況を理解した私は、衝撃で頭が真っ白になった。

「……えええええっ⁉」

昨日あんなことがあったばかりなのに、何、熟睡しちゃってんの私⁉

自分の危機感の無さにショックを受けて、体から力が抜けていく。

起きて早々慌てふためく私を、ハンドルに腕を預けた結城が涼しい顔で眺めている。

何時間もこの男に寝顔を晒《さら》し続けたのかと思うと、恥ずかしくって死にたくなる……

「お前、寝顔可愛いのな」

結城の何気ない一言に息を呑んだ。

――きゃあああああ――――っ‼

びたん、と助手席のドアに背中を付けて結城の方を見ると、楽しそうにこちらを見てニヤニヤしている。

「約束だし、何もしてない。すげー触りたかったけど、理性総動員して我慢した」

「さ、さわ……」

「今もすっげー触りたい」

「ゆ、結城！」

たぶん私の顔は、真っ赤になってる。今にも頭のてっぺんから湯気が出そうだ。

「嘘だよ。こんな人の往来の激しいところで触るわけないだろ。触るんなら、誰もいないところで思う存分触る」

——それ、いちいち宣言することじゃないですから!!

これ以上ここにいたら、結城に翻弄《ほんろう》されるだけだ。そう思った私は、一刻も早くここから逃げたくなった。

「じゃあ、私帰るね……運転お疲れさまでした」

いろんな意味でクタクタになった私が助手席のドアを開けると、結城も運転席から降りてきた。

何も言わず、後部座席から私の荷物を出して「ほら」と手渡してくれる。

結城からそれを受け取り、なんとなく彼を直視できないまま、お礼を言った。

「ありがと……」

「水無」

マンションの方へ一歩足を踏み出したところで、名を呼ばれる。振り返ると、車に凭《もた》れた結城がじっとこちらを見ていた。

「ワンピース、似合ってる」

「‼」

本日何度目かの爆弾投下。

言われた瞬間、自分の顔がかーっと赤くなったのが分かった。そんな私の表情の変化を見逃さず、結城がニヤリと口角を上げる。

「……ど、どうも……‼」

絞り出すようにそれだけ言って、私は一目散にマンションに向かって走った。

何よ、なんなのよあいつ……しっかり見てたんじゃないの‼

最後の最後でそれを言ってくるなんて、確信犯か！

突然の告白から始まった昨夜の出来事は、夢なんかじゃない。結城は本気なのだ。

本当に私のこと……

そうはっきり自覚した途端、どうしようもない息苦しさに襲われる。

今日だけでこんなに翻弄されているのに、これからどうやってあいつと接したらいいんだろう。

家の中に入って深呼吸を繰り返すけれど、激しくなるばかりの胸のドキドキに、私は昨日に引き続き眠れない夜を過ごす羽目になるのだった……

四　友達と恋人の境界線とは

旅行から数日経過したある日のこと。

部署内の自分のデスクで書類と睨《にら》めっこ中の私。

集中して仕事に取り組みたいのに、先日の結城とのアレコレが脳裏を掠《かす》める度に手が止まってしまっていた。

——あの夜の結城、え、えっちだったなあ……

彼の手や唇の感触を思い出し顔が火照《ほて》ってきてしまう。

ハッ、ダメダメ！　仕事中に思い出すな、私！

ブンブンと首を左右に動かし雑念を振り払う。

冊子作りはイレギュラーな仕事だけど、総務の仕事は元々やることはたっぷりある。

今日中に片づけなければいけない仕事もあるんだから、今は結城のことなんか考えてちゃだめだ。

急ぎの仕事をせっせと片づけていると、隣のデスクから「営業企画部の……」という言葉が聞こえてきて、無意識に私の手が止まる。

——結城……これから手加減なしでどんどん攻めるって言ってたけど、本気かな……？　そ、そんなの私、耐えられるんだろうか……

「水無、水無！」

ハッとして顔を上げると、目の前には私の顔を覗《のぞ》き込んでいる内藤課長。その顔の近さに驚いて、ビクッと体が跳ねた。

「はっ、はい！」

そんな私を見て、課長は眉を寄せる。

「どうしたんだ？　お前、連休明けからなんかおかしくないか？　ぽーっとしてたかと思えば、いきなり顔を真っ赤にしたり……何かあったのか」

うわっ、見られてたのか！　恥ずかしい……

ここは勘ぐられるのはまずいと、私は平静を装った。

「べ、べべべ別にそんなことはないですよ!?」

「こりゃなんかあるな……」

顎《あご》に手を当てた課長が、私を見ながら首を傾《かし》げる。

「もしかして男できた？」

「えっ!?」

しまった、声がひっくり返った。

私は慌てて口元を手で押さえる。だが、課長はふうん、と意味深な笑みを浮かべてじっと私を見ている。

「ここ数年、まったく男の影がなかった水無にも、ついに男ができたってわけか〜」

「ま、待ってください。いません、本当にいませんから！」

これは本当。だってまだ、結城に返事をしていないから、お付き合いをしているわけではない。

「あれだけ老後の心配をしてくれてたから、てっきりお前が俺の面倒を見てくれるものだと思ってたんだけどな？」

「は……えっ⁉　い、今なんて……」

本気とも冗談とも取れる発言に動揺して、課長の顔を凝視する。

「ふっ……冗談だって。そんなに慌てるなよ」

「なっ！　もう、びっくりさせないでくださいよ‼」

あからさまにホッとした顔をする私に、課長はクスッと笑った。

「……まあ、この話はこれくらいにしておいてだな。記念冊子の件だけど」

「あ、はい」

仕事の話になったので、私は心の底からホッとした。

――よかった……突っ込まれずに済んだ。内藤課長結構鋭いから、いろいろバレそうで怖いんだよね。

「あの坂崎《さかざき》常務が記念冊子用の原稿を書いてくれるそうだぞ」

「えっ、坂崎常務がですか？　本当に？」

課長の口から出た人物の名前に私は思わず目を見開いた。

坂崎常務は還暦間近の役員で、私のような末端の社員が直接話す機会などまず無いような人だ。

気難しいことで知られる人だから、原稿を書いてくださるなんて意外だな。

「どうも酒の席で、役員の誰が記念冊子に寄稿するかって話になったとき、酔った常務が『俺が書く』って言ったらしくてさ。その場にいた部長は、酒の席での話だし本当かどうか測りかねてたらしいんだが、昨日部長のところに問い合わせが来たって」

言いながら、課長も常務の申し出が意外だったのか肩を竦《すく》めた。

「悪いけど、部長に冊子の原稿の詳細をメールで送っておいて」

「分かりました。早速用意して送っておきます」

常務は四十年近くこの会社に勤めていて、当然いろんな場面を見ているわけだ。それを書いてもらえたら、若い社員にもこの四十年の間、うちの会社でどんなことがあったのか分かるし、興味を持って読んでもらえそう。

「うん、頼むな。……ぶっ」

真面目に冊子のことを考えていたら、何故か課長が私の顔を見て噴き出した。

「……なんですか？」

「ごめん、なんでもない。じゃあよろしく」

取り繕《つくろ》うように言って、内藤課長が私から離れていく。

——絶対なんでもなくないと思うんだけど……ま、いいや、今は仕事のこと考えなきゃ。

気持ちを切り替え、私は早速、原稿の詳細を記したメールを作成し始める。

せっかく常務がやる気になってくれたんだもの、そのやる気を削《そ》がないようにした方がいいよね。

そう考えながら、常務に送る文書を作成し部長に送ると、タイミングよく休憩の時間になった。

軽く背伸びをして部署を出て、自動販売機のある休憩スペースにやって来た。

ベンチに腰掛けコーヒーを飲み、ほうっと一息つく。

そこで、コツコツとこちらに歩いてくる足音が聞こえた。何気なくそちらを見ると、スペースに入ってきたのは結城だ。

——あっ。

目が合った瞬間、体がビクッとしてしまう。

「お疲れ」

結城はそう言って、当たり前のように私の隣に座った。

「おっ、お疲れさま。結城もコーヒー飲みに来たの？」

「いや。歩いていたら、お前の姿が見えたから」

私を見て結城が優しく笑う。まるで私に会えたのが嬉しいみたいに受け取れて、ついドキッとしてしまう。

「……そ、そう……」

ちらほらと人が行き交う休憩スペースのベンチに、並んで座る私と結城。

表面上はいつも通り、だけどなんとなく私を見る彼の眼差しが優しいように感じてしまうのは気のせいだろうか。私、結城に告白されて自意識過剰になってる？

私は落ち着かない気持ちで、隣に座る結城を横目で見た。

相変わらず、もの凄く整った顔とスタイルをしている。

私、よく今まで結城を男として意識することなくスルーできたなと、自分の恋愛脳の退化を恨めしく思った。

あー……私、いつも結城とどんな会話してたんだっけ……

告白の返事を保留している身としては、これからどう接したらいいのか戸惑ってしまう。だけど、ずっと黙っているのもおかしいし、ありきたりの話題を振ってみる。

「あ、あのっ！　結城は仕事順調なの？」

私が急に仕事のことを聞いたので、一瞬「あ？」と口を開けた。が、すぐにクスッと笑う。

「ああ、今は企画の資料を集めてるとこ。社内データを漁《あさ》ったり、顧客にヒアリングしたり。スケジュールぎっちりできついけど、まあ、なんとかやってる」

「……そっか。企画採用されるといいね」

私の言葉に、結城がフッと笑みを漏《も》らす。

「ありがと。ただ俺としては、早くお前の返事が聞きたいんだけど」

「えっ、返事っ!?」

彼の言葉に、体がカーッと熱くなった。

「あれから俺のこと考えてくれてる？」

声をひそめた結城が、さりげなく距離を詰めてくる。

「～～ちょっとは考えた、かな……」

嘘。滅茶苦茶考えた。

だけどはっきりとした答えはまだ出ない。

口を真一文字にして黙り込んだ私の顔を、結城が腰を屈《かが》めて覗《のぞ》き込んできた。

「俺のこと嫌いか？」

「き……嫌いじゃないよ」

「それって好きってことでいいんじゃねえ？」

頭をガシガシ掻きながら結城が苦笑いする。

めんどくせえ女だな……とか思われてるのかもしれない。だけど、私としてはここを曖昧《あいまい》にするわけにはいかない。

私は、結城の顔を見てはっきり言った。

「違うし!!　今はまだ友達として好きってこと!!」

「とりあえず付き合うっていう考えはないわけ？」

結城がじっ、と真っ直ぐな視線を私にぶつけてくる。それはまるで、私の真意を探るような眼差しだった。

その視線から逃れるように、私は顔を背ける。

「……それって失礼じゃん。付き合うってさ、やっぱり好きな人同士がすることだと思うから」

最後の方はもにょもにょと口ごもってしまったが、なんとか今の私の気持ちを伝えた。

結城はどう思っただろう……。反応が気になってチラッと窺《うかが》うと、さっきよりも優しい眼差しで私を見ていた。不覚にもその表情に胸が高鳴ってしまう。

「俺、お前のそういうとこ嫌いじゃない」

「……………あ、ありがとう」

――言えない。そんなふうに言ってもらった私が、実はこの前、酔って誰かとやってしまったなんて。おまけにそのときの相手が誰なのか分からないなんて……

いたたまれない気持ちで下を向くと、頭にポン、と結城の手がのせられる。

「お前さ」

「うん？」

なんだろう？　と結城を見上げる。

「今度の土曜か日曜、暇か？」

「……どっちも暇です」

悲しい。こんなとき予定が入ってるから、とか言ってみたいよ。

私の返事を予想していたのか、結城はニヤニヤしてるし……

「じゃあ、土曜の朝九時にこの前のコンビニの前で待ってるから」

「え、それって……」

「デートのお誘いだ」

「でも、まだ付き合ってない……」

「好きじゃなきゃ付き合えないって言うなら、好きになってもらう努力をしないとだめだろ？　惚れた側としてはさ」

そう真面目な顔で言い切る結城に、恥ずかしくなった私は思わず両手で顔を覆《おお》った。

「～～だからそういう、照れるようなことを言わないで……！」

なんだこれ。私こんな結城知らないよ……別人なんじゃないの？

「じゃ、忘れんなよ」

照れて動きが止まった私を置いて、結城は手をひらひらさせながら自分の部署に戻って行った。

そんな結城の背中を見送っているうちに、じわじわと焦りが湧いてくる。

デートなんて元カレと別れてから、かれこれ三年ぶり……

昔いろいろ参考にしてたマニュアルってなんだっけ？　帰りに書店で買ってこなきゃ……！

「ど、どうしよう、服とか、服とか、服とか」

「服ばっかりじゃん」

「ぎゃっ!!」

独り言に言葉が返ってきて、驚きのあまり飛び退《の》いたら、すぐ側に若菜がいた。

「あれ？　若菜なんでここに……」

「ふふふ。トイレから戻ってきたら二人で話してるのが目に入っちゃって、ついつい見ちゃった。なに、あんた結城といい感じじゃない。もしかして旅行で告られた？」

「え!!」

ズバリと言い当てられて、若菜を見たまま石化する私。そんな私を若菜はふふん、と笑いながら楽し気に眺めている。

「あら、当たった？」

「わ、若菜……もしかして、結城の気持ち知ってたの⁉」

「う～ん、なんとなく？　だって、飲み会のときとか、結城あんたの方ばっかり見てたし。それにこの間の旅行でも、あいつずっと瑠衣の隣キープして離れなかったじゃない？　……こりゃあ、もしかするとって思ってたんだよね」

さらっと言われ、私はぐっ、と口ごもった。そんなの、全然気付かなかったよ。

「結城いい奴だし、いいんじゃない。付き合わないの？」

「今はまだ……っていうかこの話、今しなきゃダメ？」

休憩時間もそろそろ終わりとあって、私達の周囲にも人が増えてきている。

周りを見回した若菜が、そうね、と言って、この話は今夜場所を変えてすることになった。

——若菜でもなんとなく気付いていたというのに……私、こんなに鈍感だったっけ。

恋愛から離れて三年。どうやら私の恋愛脳はすっかり退化していたようだ。

部署に戻った私は、自分の席について大きなため息を落とすのだった。

そしてその日の終業後、私は若菜と一緒に会社を出る。飲み屋に行く道すがら、書店でファッション誌を購入し、私達はちょっとお洒落《しゃれ》な焼き鳥屋に入った。

適当に注文を済ませた後、私は若菜に別荘での出来事をざっくりと伝える。

「結城がいい奴なのは私も分かってる。でも、この気持ちが恋なのか、友情なのかはっきりしなくて……」

運ばれてきたウーロン茶を私に手渡しながら、若菜がふうんと頷いた。

「今まで友達だと思ってた相手が、急に男の顔して迫ってきたもんだから、戸惑ってるのね」

「戸惑う……そうかもしれない。私、今まで結城のことを恋愛対象として見てなかった……っていうか見ないようにしてたんだと思うのね」

そうなのだ。私はたぶん、そこら辺をきっちり線引きしていた。だから急な告白に頭が付いていかないのかもしれない。

若菜がジョッキに入ったサワーに自分で絞ったグレープフルーツの果汁を入れながら、うんうん頷いている。

「まあねえ、よく言うじゃない？　女は男を友達として見られるけど、男は女を友達ではなく女として見るって。それに近いのかもね」

そういえば、結城が同じようなことを言っていたのを思い出した。

「結城も、基本的に異性との友情は成立しないって……」

そうだ。だからあのとき、私を女と認識してないのかって聞いたんだけど……

もしかしたら、結城は私を友達じゃなく異性として見ているって伝えたかった……？

「ああー。だとすると、結城がずっと彼女作らなかったのって、あんたのことが好きだったからかもね」

「えっ!!」

「だって結城の性格考えてごらんよ。あいつ結構硬派なところがあるからさ、好きな女がいるのに違う女と付き合うなんてことしないと思うんだよね」

『入社した頃から可愛いと思ってた。はっきり意識したのは、お前が彼氏と別れた頃だけど』

別荘での夜、結城は私にそう言った。

「え……ほ、ほんとに……」

「何、焼き鳥頬張りながら真っ赤になってるのよ」

若菜が私の顔を見てにやけている。私は慌てて、熱くなった顔を手で扇いだ。

「それで、デートってどこ行くの」

「それは聞いてない。私はただ、土曜日に待ち合わせしただけだから」

「ふうーん。それはそれは。じゃあ昔みたいに、可愛い恰好して行くわけだ」

さっきファッション誌買ってたもんね～と、若菜はネギマを美味《おい》しそうにほおばり、にやにやしながら私を見る。

「可愛い恰好なんてここ三年くらいしてないよ……。そもそも私、結城の好みなんて何も知らないしさぁ。とりあえず、ドン引きされない恰好をこれから研究しようと思って」

「え、でもこの前の旅行のとき、瑠衣ワンピース着てなかったっけ？　珍しいなあと思ったんだよね。可愛かったし、あんな感じの服装で行けばいいんじゃない？」

「そ、そう……」

同時に、あの日、結城に言われた言葉を思い出す。

『ワンピース、似合ってる』

しまった。このタイミングで思い出すべきじゃなかった。

そう思ったところで、後の祭り……

「あ、ねえねえ瑠衣のつくね一本ちょうだい？　私塩つくねにしちゃったのよね。タレも食べてみたい――って瑠衣？　どうしたの？　あんた真っ赤だけど‼」

旅行の後から、結城の言動を思い出す度に動揺してしまう私。こんな状況で、果たして結城と二人きりのデートなんてできるのだろうか、と不安になってしまう。

思わず私は、若菜の腕を掴《つか》んですがるように見た。

「若菜……どうしよう。私、平常心のまま結城と一日一緒にいる自信がないよ……」

「大丈夫。こんなの慣れよ、慣れ！　三年前を思い出して」

にっこり微笑む若菜に、私はぎこちなく頷く。

そ、そうよね。あんなことがあった後だからって、緊張し過ぎるのはよくないよね。

「う、うん……分かった」

「あと、個人的に凄く興味があるから、何か進展があったら教えてね！」

夜遅くまでガールズトークは続いた。

ドキドキしながら日々を過ごしていたら、あっという間に金曜の夜になった。

気のせいかもしれないけど、いつもより一週間が過ぎるのが速かったように感じる。

以前は日課みたいに、夜はコンビニでビールとつまみを買って時代劇を観ていた私。

そんな私が、この一週間、女性誌を買い込んで流行《はや》りのファッションを研究したり、仕事帰りに服を買いに行ったりしているのだ。

更には、美容マスクをしながら湯船にゆっくり浸《つ》かってみたり……

元カレと付き合っていた頃は、よくこんなことやってたな～とちょっと懐《なつ》かしい気持ちになった。

あの頃は、好きな人のためにいろいろ必死だったんだよね。

そこでふと考える。

――今、私が頑張っているのは結城のためなのかな？

私、本当は結城のこと、どう思ってるんだろう。

あれから何度も何度も、自分に問いかけている。

告白をされたことで、嫌でも彼のことを意識するようになった。それこそ、結城の思う壺だと思わなくもないけれど、もっと彼のことを知りたいと思っている。

でも、これが恋愛感情なのかと問われると、まだはっきりと答えられない。

ただ、好きだと言ってもらえたことは素直に嬉しいと思う。

――だから、こうして頑張っているのかもしれないな……

やっぱり、結城と二人きりでデートに行くと思うと緊張する。でも、せっかく誘ってくれたんだから、楽しもうと決めた。

昔はちゃんと可愛くしてたんだし、きっと大丈夫。

そんなことを考えつつ明日着ていく服の確認をしていたら、緊張とは違う胸躍《おど》る感覚が込み上げてきた。久しぶりのデートを、楽しみにしてるのかもしれない。

そのとき、スマホのSNSが着信を告げた。アプリを開いてみると、結城からだった。

【明日寝坊すんなよ　おやすみ】

彼のメッセージを見ていると、自然に頬が緩《ゆる》んでしまうのはどうしてだろう。

【承知しております　おやすみなさい】

そう返して、私は早めにベッドに入った。


そうして迎えたデート当日。空は見事な快晴だった。

これはきっと日頃の行いがいいからだな、と朝から気分爽快。

予定より早めに起きた私は軽い朝食を取り、気合を入れて支度を始める。

この一週間、散々悩んだ結果、ブルーデニムの台形ミニスカートにベージュのサマーセーターを合わせた。

ミニスカートを穿《は》くのなんていつぶりだろう。見下ろすと自分の膝が見えるっていうのが久しぶり過ぎて、なんか変な感じだ。

それに化粧だって、仕事するときのナチュラルメイクではなく、雑誌を参考にしてほんのりラメが入った明るいグリーン系のアイシャドウを瞼《まぶた》にのせた。唇には濃い目のピンク系リップを引き、その上からグロスをのせる。

仕上げに頬骨の少し上の辺りにチークを入れて、なんだか久しぶりに女っぽい私が完成した。

ヘアアレンジは、仕事中いつも結んでいるから思い切って下ろしたままにする。

革素材の黒のショルダーバッグを肩に掛け、同じく黒のバレーシューズを履いて、待ち合わせよりもちょっと早く到着することを見越して家を出た。

待ち合わせ場所のコンビニに到着し結城がまだ来ていないことを確認する。そのままコンビニに入って、お茶とガムなどちょっとしたお菓子を購入した。

——この前は結城にお茶まで用意してもらっちゃったからな。さすがに今回もそれじゃあ、私、女として立つ瀬がなさ過ぎるし。

レジで会計を済ませて店の外に出ると、ちょうど結城の車が駐車場に入ってくるところだった。

スマホで時間を確認したら待ち合わせの五分前。

ふう、あぶないあぶない。内心で胸を撫で下ろしつつ結城の車に近づいていく。すると、驚いたような顔をした結城が車から降りてきた。

「やけに早いじゃん。それに……何その恰好」

私の恰好を上から下まで見た結城は、何故かポカーンと口を開けて固まっている。

「何って……たまには私も女らしい恰好をしてみようかと」

とは言ってみたものの、一向に言葉を発しない結城を見ていたらちょっと不安になった。

——もしかして、似合ってない？　一応、昨日の夜若菜にコーディネートのチェックをしてもらったんだけどな……

　まさか値札のタグがついているのかと、セーターの首元やスカートをこっそり確認していたら、結城の声が聞こえた。

「すげえ、可愛いんだけど」

　その言葉に、弾かれたように彼を見上げる。

「えっ……!?」

「会社の制服でスカート姿は見慣れてるはずなのに、私服のスカートってのはまた新鮮でいいな」

　そう言って結城が、まじまじとスカートを見てきた。その視線が恥ずかしくて、ついスカートの裾をぐいぐいと下に引っ張る。

「そ、そういうもんなんでしょうかねえ……」

　もう、恥ずかしくて結城を直視できないよ。

　明らかに照れている私を見て、結城がフッと笑った。

「何、買ってきたの」

　私が手にしている買い物袋に気付いて覗《のぞ》き込んでくる。

「あ、あの、お茶でよかった？　一応缶コーヒーも買ってあるけど、好きな方飲んでくれればいいかなって」

　私が買い物袋を広げて中身を見せながら言うと、結城の綺麗な顔がふわっと綻《ほころ》んだ。

「ああ、ありがとう」

眩《まぶ》しいほどの、爽《さわ》やかな笑顔だ。

「……どういたしまして」

素直な感情を向けてくる結城に、嬉しいような戸惑うような落ち着かない気持ちになる。

私は気持ちを落ち着かせるために深呼吸をしてから、改めて結城を見る。

今日の結城は、黒のスキニーパンツにVネックの白いカットソー。足元は茶色のチャッカブーツを合わせていて、細身の彼によく似合っていた。

この前も思ったけど結城は結構私服のセンスがいい。おまけに外見がすこぶる良いので、服までグレードアップして見えるから不思議だ。

そんなことを思っていたら、結城が助手席のドアを開けてくれた。

「ほら、乗れよ」

「あ、うん、よろしくお願いします……」

私はおずおずと結城の車に乗り込んだ。

しばらくして、そういやどこに行くんだろう、と快調に車を走らせる結城に尋ねる。

「ねえ、どこに向かってるの？」

「んー、デートといえば、みたいなところ」

私の方を見ずに結城がそう答える。

「なんだそれは」

「この前は高原だっただろ。だから今日は違うところ」

「ふーん」

ということは、海かな？

自分なりにそう推測して、助手席でドライブを楽しむこと数十分。

海岸線とともに見えてきたのは――

「あっ！　もしかして水族館？」

「当たり。俺、来るのガキのとき以来だ」

車はこの辺では割と大きな水族館の入り口に到着した。ふと周りを見回すと、やはり休日とあってたくさんの人が来ている。

「やっぱ家族連れが多いねえ」

「まあな。でもカップルも結構いるぜ」

結城が見ている方に視線を送ると、確かに仲の良さそうな男女が数組歩いていた。彼らは手を繋《つな》いだり、腕を組んだりして寄り添っている。

「なんか、見てるこっちが照れるわぁ……」

独り言のつもりだったのに、しっかり結城の耳に届いていたようで、「ほら？」と、手を差し出された。

これはまさか……と彼を窺《うかが》う。

「照れるくらいなら、俺達も同じことすればいいだろ」

「～～～～!!」

確かに私達もデート中ではあるんだけど……

「えっと、あの」とその手を取るのを躊躇《ためら》っていたら、待ちきれないとばかりに手をガシッと掴《つか》まれ、そのままぎゅっと握られた。

いきなりのことに驚き、私は思わず握られた手を激しく上下に振る。

「わ————っ!!」

「こら、落ち着けって。周りから見られてるぞ」

いたって冷静な結城の声に、ハッと我に返る。

しまった、恥ずかしい……

——いや、ちょっと待って。恥ずかしいってどっちが？　見られてること？　それとも結城に手を握られていること？

動揺のあまりつい、考え込んでいたら、握られていた手に力が入った。

「わっ……!!　ゆ、結城、あの……」

「お前の手って、柔らかいな。この前も思ったけど、お前の体はどこもかしこも柔らかい」

いきなり蜜のような甘いセリフを耳元で囁《ささや》き、結城が柔らかく微笑んだ。

「なっ!!　何言ってんの！　こんなところで恥ずかしいこと言わないでよ」

「だって、本当のことだろ」

意味ありげに見つめられて、握られた掌《てのひら》が汗ばんできた。

ここにきて、次々と繰り出されるアプローチに、もう勘弁してくれと結城を睨《にら》んだ。

「結城君……君は私を悶《もだ》え死にさせたいのかな？」

「いや。思っていることを正直に言ってるだけ」

私の抗議などまったく意に介さず、結城はにやっと笑って歩き出す。

「……もう、恥ずかしすぎる……」

なのに、繋《つな》がれた手から伝わる結城の体温が心地よくて、駐車場からチケット売り場まで、ずっと手を繋いだままだった。

久しぶりの水族館は、自然と子供の頃の気持ちを思い出させる。

年甲斐もなくワクワクした気持ちで、順路に従い薄暗い館内を歩いていった。そうして、最初に現れた壁一面に広がる大きな水槽に息を呑む。青い水の中を悠々と泳ぐ魚を見ていると、日々の仕事ですさんだ心が洗い流されていくようだ。

――私もまだまだ純粋ってことなのかしら。なーんてね。

だけど、童心に返ってリラックスしたと思ったらつい群れを成している鯵《あじ》の大群を見て「タタキ」とか「フライ」とかを思い浮かべてしまった。鮫《さめ》を見たらフカヒレだし……ちょっと複雑。

隣に立つ結城は「うわー、でけぇー」と言いながら、水槽の下の方にいるタカアシガニにじっと見入っている。

――カニ……でかい。

「なあ。カニもだけど、魚の大群見てたら刺身食いたくならねぇ？」

周りを気にして小声で発した結城の言葉に、私は思わず、ぶっ！　と噴き出す。

「何笑ってんだ？」

「か、考えてることが一緒なんだもん……」

笑いながら見上げると、今度は結城が小さく噴き出した。

「はは、お前もかよ。つーか、色気ねえな」

「うっさい！」

普段と違って屈託《くったく》なく笑う結城に、彼もこの場を楽しんでいるのだと感じた。そう思ったらちょっと微笑ましい。

「ねえ、結城って水族館とかよく行ってたの？」

「ん？　ああ。実家が海に近かったからな。車で少し行くと、まあまあ大きい水族館があってさ、よく親につれてってもらった。でも最後に行ったのは、中学生くらいかな」

「へえ〜。私海のない内陸の出身だから、水族館なんて遠出しないとなかったよ」

そんなことを話しながら次の水槽に移動しようとしたら、目の前を団体さんに阻まれた。

「水無」

名前を呼ばれて「ん？」と結城を見ると、私の手に結城の手が重なる。

「はぐれると面倒だから」

そう言って、結城が指を絡《から》める恋人繋ぎをしてきた。

たちまち、胸がきゅうっと締め付けられる。

今までだって男性とお付き合いしたことは何度かあった。なのに、二十八にもなってこんな気持ちにさせられるなんて。

乙女かっ!!　て自分に突っ込みたいくらいだ。

――だって仕方ないじゃない。二人きりになったときの結城って、もの凄く優しくて紳士なんだもの。そんな扱いされたらときめくのは仕方ないと思うの……

いつも私や若菜のおふざけに付き合ってくれていた結城とのギャップに、私の気持ちはじわじわ彼に傾いていく。

私は前を行く結城の背中を見ながら、彼に惹かれていることを自覚せざるをえなかった。


それから二人でいろいろな水槽を見て回ったけど、どうしても私の意識はぎゅっと繋《つな》がれた手に行ってしまい、何を見たかあんまり覚えていない。

「イルカショーまでまだ時間あるな。先に昼食ってくか」

一通り館内の水槽を見終わったところで、そう提案される。

素直にうん、と頷いた。

パンフレットを見ると、水族館とは別の建物に飲食店が入っているらしい。私達は、その中から比較的すぐに座れそうなイタリアンレストランに入った。

よく考えたら結城と二人きりでこういった店に来るのは初めてかもしれない。

今までは会社の飲み会とかで、チェーンの居酒屋か、個人経営の小さな飲み屋に行くことがほとんどだった。

店に入るときにドアを開けてくれたり、階段を降りるときに手を差し伸べられたり、慣れない女性扱いをされるとなんとも落ち着かない。

デート自体がかなり久しぶりな上に、朝から意識させられっぱなしの私は、この状況に異様に緊張してきた。

「決まった？」

表情が固い私の顔を、結城が覗《のぞ》き込んでくる。

「あ、うん」

ちょうどオーダーを取りに来てくれた店員に、結城はパスタランチのアラビアータ、私はボロネーゼを頼み、二人で食べる用にマルゲリータピッツアを一枚追加した。

注文を終えると、ぱたりと会話が途絶える。

さて何を話そうか……と必死に頭の中であーでもないこーでもないと考えを巡《めぐ》らせていたら、先に口を開いたのは結城だった。

「おまえ、俺と二人きりでいることに緊張してるだろ」

私の顔をじっと見ながらそう言われて、恥ずかしくなって俯《うつむ》いた。

「……バ、バレてた？」

「そりゃ、触ったときにあれだけあからさまに驚かれりゃ、嫌でも気付くだろ。もしかしたら、今日誘ったこと、ほんとは迷惑だったんじゃないかって、ちょっと考えてた」

結城が笑って肩を竦《すく》める。

「……そんなこと考えてたの？」

「そりゃあ考えるさ。告白したときだって、お前かなり動揺してただろ。でも言わないとお前気付かないしさ。結構強引に行動しちゃったから、引かれてるんじゃないかって、心配してたんだ」

結城の意外な言葉にびっくりしつつ、私は慌てて否定した。

「引いたりしてないよ。……ていうか、そう思うんだったらもうちょっと控え目にしてくれれば……」

でも、後の方の言葉は、ついごにょごにょと小さくなってしまう。

「控え目ってなんだ。大体お前、ちゃんと言わないと分かんないだろ」

結城が安心したように目を細め、フッと微笑んだ。

その表情に見惚《みと》れてしまい、次の言葉が出なくなる。

するとタイミングよく、注文していたピッツアがテーブルに置かれた。

モッツアレラチーズがとろりと蕩《とろ》けるそれを結城がはむ、と口にする。私は内心でホッとしつつ、熱々のピッツアに手を伸ばした。

店内に備え付けられた石窯《いしがま》で焼き上げたピッツアは、生地《きじ》の周りがパリッとしている。でも噛むとモチモチしていて甘みが出てきた。モッツアレラチーズの塩気とトマトソースの酸味との相性も抜群でとても美味《おい》しい。

美味しいもので気持ちがほぐれたようで、パスタが来る頃には自然と会話が弾み楽しいランチとなった。そうして、食後のドリンクを飲みながら、私はここぞとばかりに、ずっと気になっていたことを切り出す。

「なんで、ここへきて急に告白してきたの」

知り合ってから六年、私が元カレと別れてから三年。もし、その間ずっと好意を持っていたというのなら、何故今、告白してきたのか。

私の唐突な問いかけに、結城は手元のコーヒーに視線を落としつつ、落ち着いた口調で話し出した。

「お前、前の彼氏と別れたとき泣いてたじゃん」

「え?」

「いつもの調子で飲んで酔っぱらって、『振られた』って言って泣いてたんだよ。それ見たとき、そんなに別れた彼氏のことが好きだったのかって軽くショックだったんだ。だから少なくとも、お前の元カレなんか目じゃないくらいにならないと告白できないって思った」

「……」

驚いた私は、つい動きを止め結城を凝視する。

「で、手っ取り早く会社で出世しようと思ってさ」

「……だ、だけど、その間に私が違う人と付き合い出すかもしれないじゃない」

「まあ、一応それも気にはしてた。だからなるべくお前や湯浅からの誘いには乗って、近くで牽制《けんせい》してたんだけど……お前、どんどんオヤジ化して恋愛から遠ざかっていったから、ある意味ラッキーだったかも」

頬杖をついて話す結城が、こちらを見て苦笑する。

――そんな昔から私のことを見てたなんて……

胸が勝手にドキドキしてくる。

そんなふうに思われていたなんて、全然気が付かなかった。

しかもその間、誰とも付き合わずに私だけを想っていてくれたってことでしょ？

そう思ったら、だんだん胸が苦しくなってきて、何も言えなくなってしまった。

黙り込んでしまった私に気を遣ってか、結城はフッと肩の力を抜いて微笑む。

「まあ、そんなわけで俺は本気だから。それだけ知っておいて」

「うん……」

なんかもう逃げ道が無い感じ。だけど、結城がここまで私のことを想ってくれていたことを、素直に嬉しいって思ってる。

そこで結城がおもむろに腕時計を見る。

「イルカショーの時間も迫ってることだし、そろそろ行くか」

「そうだね」

会計で私が財布を取り出すと、結城が「いいよ」と手で制した。

「いやでも……」

「いいから」

「……じゃ、ごちそうになります」

私が素直にぺこりと頭を下げると、結城は嬉しそうに笑った。

よく考えたら、今までずっと割り勘にしてきたから、こんなふうに奢《おご》ってもらうのは初めて。

先にドアを開け店を出ていく結城の背中が、やけに男っぽく見えてしまった。

自然と手を繋《つな》いで、私達はイルカショーが催《もよお》される建物までやって来た。

「やっぱ水族館に来たら、イルカショーは観ておかないと」

という結城の持論（？）に従い、ステージから放射状に広がる座席の真ん中くらいの席に座って、ショーが始まるのを待つ。私達が来たときはまばらだった座席も、ショーが始まる頃には満席になっていた。

並んで座ると必然的に体が密着し、それがやけに気になってしまう。動揺を悟られないよう、わざと明るく話を振った。

「うわー、凄い人。やっぱり人気あるんだね」

「アシカのショーもあるみたいだぞ。こっちは希望すれば参加できるみたいだな」

「ああ、よくテレビとかで観るやつね」

そうこうしているうちに音楽と共にスタッフが現れて、ショーが始まった。

最初はアシカのショーからで、普段なかなか見ないコミカルな動きを見せてくれて自然と頬が緩《ゆる》んでしまう。

適度に緊張がほぐれた頃に、プールの奥から、イルカの背に乗ったスタッフが登場した。

たちまち会場からワッと歓声が起こる。そんな場内の雰囲気に後押しされて、私のテンションも徐々に上がってきた。

「わあ！　テレビとかでは観たことあったけど、実際観るのは初めてだよ」

「そうなのか？」

私は結城と体が密着しているのも忘れ、身を乗り出すようにショーに見入った。

スタッフの合図と共に、イルカがプールから大きくジャンプする。続けてバッシャーン！　と水しぶきが上がり、わあっ！　と周囲から大きな歓声が上がった。

「うわ、すごっ！」

「ああ、すげえな」

私と結城も興奮しながら笑顔で笑い合う。

ショーのラストで、天井から吊り下げられたボールをイルカが大ジャンプして尾びれでレシーブすると、私のテンションはＭＡＸになった。

「きゃー！」

結城に身を寄せ、すごーいすごーい!!　と大興奮の私は、周りの観客と共に惜しみない拍手をイルカとスタッフに贈る。

イルカがステージから去ると、私ははあ〜と感嘆のため息をついた。

「いやあ……凄い迫力だった。……やっぱり、テレビで観るのとは全然違うね！」

そう言って結城に顔を向けると、彼は顔を手で押さえて肩を震わせている。

「ん？　なんで笑ってんの？」

結城が目尻の涙を拭《ふ》きながら私を見た。

「お前がこんなにはしゃいでんの初めて見た」

「……え、もしかして私、周囲がドン引きするくらいはしゃいでた？」

確かに、結構ノリノリで騒いじゃった気がする……

「いや、そうじゃなくて……すげえ可愛かった。可愛過ぎて、なんだこの可愛い生き物はって思ったら、なんか笑えてきて……」

結城の口から出てくる聞き慣れない言葉に、私は真っ赤になって口をつぐんだ。

今まで男の人に、こんなに可愛いなんて言われたことあった？

嬉しいような照れくさいような、なんとも言えない気持ちにさせられる。

結城は言葉だけで私を蕩《とろ》けさせようとでもいうのだろうか。

いや、本当に蕩けるわけではないけど、体中が熱い……

笑いを収めて立ち上がった結城が、「ん」と言って手を差し出した。今、手なんて繋《つな》いだら、体が火照《ほて》っていることがバレてしまう。

迷った末、私は結城の掌《てのひら》にチョコン、と指先をのせた。

そんな私を、結城が訝《いぶか》し気に眺める。

「……何？　お手してるみたいじゃん」

「今、手汗が酷《ひど》いので」

「そんなの俺だって一緒だよ」

そう言って結城がぎゅっと強く私の手を握ってきた。

——もう、体が熱いこと、バレちゃうじゃん……

出口に向かって移動する人達と一緒に、私は結城に手を引かれ会場を後にした。

イルカショーを見た後、もう一回館内をぶらぶら回る。

ゆったり泳ぐ亀の水槽を眺めたりしながら久しぶりの水族館を満喫した。

といっても、魚を見るよりもずっと離されることのない結城の手の方にドキドキしっぱなしだったけど。

「何か買っていくか？」

土産《みやげ》物を扱うショップの前に来たとき、そう声をかけられた。

お土産かあ……せっかくだから若菜に何か買っていこうかな。

「うん。じゃあちょっと寄る」

人で混み合う店内に入り、ここで一番売れているというイルカの形をしたクッキーを買った。

買い物を済ませ時計を見ると、午後三時を過ぎている。

水族館を出て駐車場に向かいながら、何気なく隣を歩く結城の顔をちらりと盗み見る。

相変わらず高い鼻梁《びりょう》に綺麗な顎《あご》のラインをしている。そういえば、さっきすれ違った若い女の子が結城のこと二度見してたっけ。

そんな人とこうして手を繋《つな》いでいるなんて、なんだか不思議だな……

半日一緒に過ごしてみて、やっぱり結城の隣は心地いい。

今日が楽しかった分、帰るのをちょっと寂しく感じた。

あれだ、お祭りとかの帰り道、凄く寂しい気分になるのと一緒ね。

朝は手を繋ぐのも緊張でドキドキしてたけど、今はこの手を離しがたく思っている。

それなのに、私はいちいち動揺したり照れたりしてるっていうのに、結城ときたら全然いつもと変わらないんだよなー。それがちょっと悔しい。

「お前、この後どうする？」

帰りの車の中で、結城にそう尋ねられた。

私も結城も一人暮らしだし、時間もまだ早いから自然とどこかでご飯でも、という話になる。

「お昼はイタリアンだったから、夜はヘルシーに和食がいいかなあ」

「和食か。分かった」

「そういえば、結城っていつも食事はどうしてるの？」

ふと気になって、結城の食生活を聞いてみた。

「前にも言ったけど、簡単なものなら自分で作るよ。ただ、仕事で帰りが遅くなった日とかは外食か、コンビニで済ませることが多いな」

「まー、そうなるよね。結城の営業企画部はそれじゃなくても忙しそうだし、帰ってから食事の支度なんて面倒だよね」

「それもあるけど、付き合いも多いからな。そういうお前は？　自炊してんの」

私の食生活か……

「私、土日って大概家に引きこもってるんだけど、そこでまとめて料理して冷凍しておくの。そうすると、会社から帰って料理したくないときでも、レンジで温めるだけですぐ食べられるから便利なんだ」

「……お前、本当に料理できたんだな。旅行のとき、野菜切ってるだけだったから、てっきり料理できないのかと思ってた」

結城が驚いたように軽く目を見開いた。

まあ確かにあの日は、たいして料理してなかったから、そう思われても仕方ないけどね。

「若菜が凄く料理上手なのよ。だからアシスタントに徹してただけ。私だって一応、基本的なことはできるよ」

私の家には、それはそれは大きくて立派な冷蔵庫がある。その冷凍室には、一食分ずつ小分けしたカレーとか、肉じゃがとか、きんぴらとか、茹でた枝豆とかがところ狭しと収まっているのだ。

夕食だけでなく、お弁当のおかずにも利用できるし、やり出したら超便利で今ではすっかり習慣化してしまった。

「まとめて作るから、食材の買い出しがちょっと大変だけど、最近はネットスーパーもあるからね。重たいものとかは、ネットで頼んで宅配してもらってるんだ。一人暮らしには、便利な世の中になったよねえ、ほんと」

しみじみと言ってうんうん頷いていると、結城が「へえ～」と感心したように私にちらりと視線を送ってくる。

「意外とちゃんとやってるんだな。なんだか見る目が変わった」

「ふふん、どーよ。私もやるときゃやるのよ。っていうか平日に楽をしたいから休日に頑張ってるってだけだけどね」

実は、これをやりだしたきっかけは、酒のつまみが無いときに買いに行くのが面倒だったからなんだけどね……

今は料理を作りながら時代劇観たり、ビールを飲んだりと非常に有意義な休日を過ごしている。

そんな話をしていると、いつしか車は市街地に入っていた。

「ここら辺りにするか」

結城がハンドルを切って、車を大きな商業ビルの駐車場に入れる。

このビルには、アパレルや雑貨に食料品とたくさんのテナントが入っているし、飲食店もかなりの数が入っていた。

夕飯までまだ時間があるので、のんびり店内を散策する。

ちょっとお洒落《しゃれ》なアパレルショップに寄ってみたり、雑貨店に入って文房具や便利グッズを物色したり。私は、常に隣にいてくれる結城をこっそり見上げた。

私の行きたい店ばかり見ているけど、結城はつまらなくないのかな？

男の人って女の買い物に付き合うの結構嫌がるよね。確か元カレも、ショッピングに付き合ってくれたけど、いつも途中で飽きて離脱してたっけ。

旅行のときも思ったけど、結城ってこういうとき、嫌な顔一つしないで、私が見ているものを一緒に見てくれる。

それって、結構嬉しいことなんだって、初めて分かった。

結城と二人で、これはこうだ、さっきのあれの方がどうだ、みたいな会話をしているうちに、ふと新婚カップルの買いものみたいに思えてしまって、一人で照れてしまった。

――ちょっと待て待て。私達、まだお付き合いもしてないじゃん。

なんだかんだ言っても、私の気持ちはほぼ決まっているような気がする……

「おい、何難しい顔して考え込んでるんだ。マグカップでそんなに悩むものか？」

雑貨店で手頃な大きさのマグカップを持ったまま固まっていた私の顔を、結城が不思議そうに覗《のぞ》き込んできた。

「えっ!?　あ、うん……私マグカップでお味噌汁も飲むから、大きい方が便利だなって……」

「味噌汁はお椀《わん》の方がよくないか……」

結城が納得しかねると言うように眉根を寄せたので、つい笑ってしまった。

気付けばあっという間に時間が過ぎ、二人で和食の食事処《どころ》にやって来た。

海鮮丼がお薦めだと店員さんに聞き、結城と一緒にそれを注文する。

「わあー！」

出てきた海鮮丼の豪華さに思わず感嘆の声が出た。どんぶりの上には、新鮮なマグロにウニ、イクラやサーモンなどがこれでもかとばかりにのっている。

普段こんなにたくさん新鮮な魚介類を食べる機会はないので、かなり感動した。

「これがさっき泳いでたんだよねえ……」

どんぶりをじっと見つめしみじみ呟《つぶや》くと、目の前にいる結城がブッと噴き出す。

「お前……俺と同じこと考えてんじゃねーよ」

「いやでも、これぱっかりはしょうがないと思うのよ……」

結城と顔を見合わせ、二人でまた笑ってしまった。

さすがにおごってもらってばかりじゃ申し訳ないので、ここは割り勘にしてもらう。

結城はいいって言ってくれたけど、そこはやっぱりね……

こうして結城と一日デートしてみて思うことは、この男、付き合う女に対しては甘いのね！　という一言に尽きる。

こんな結城の一面を、きっと同期のみんなだって知らないはずだ。

私も二人きりで過ごすまで、結城はもっとクールな人間だと思い込んでいたからね。

だけど、普段は見せないような顔を見られて、嬉しく思っているのも確かなのだ。

行きとは違った空気を持つ車内で、私はぼんやりそんなことを考える。

近所のコンビニが見えてきたところで、私は降りる支度を始めた。すると結城が、こちらを見ずに、「夜だから家の前まで送る」、と言ってくる。一瞬悩んだけれど、お願いすることにした。

そうして車は、すぐに私のマンションの前に着き、ハザードランプを点滅させて停車する。

降りる前に今日のお礼を言わねば、と私が運転席の結城の方に体ごと向き直ったそのとき——結城の顔がすぐ目の前に迫ってきた。

「え、ゆ、あ……」

止める間もなく、唇を彼の唇に塞《ふさ》がれる。

「ん……っ」

触れるだけのキスは、驚いた私が口を開けたことですぐにディープキスに発展した。

遠慮なく口腔《こうこう》に侵入してきた肉厚な舌が、私の舌を絡《から》めとる。

舌を絡ませ合う水音を遠くに聞きながら、私は必死になって結城のキスに応えた。

——やばい。キス気持ちいい……。なにこの感覚……

しばらくして唇が離れると、私は目の前の結城の唇を、ぼんやりと見つめた。

「……もっと、もっとして……」

無意識に私の口からそんな言葉が漏《も》れる。

「いいよ」

結城はそう言って私の後頭部に手を添え、再び唇を合わせてきた。

なんだろう……このやりとり、どこかで……

だけど、すぐに舌を絡ませ合う激しいキスになり、何も考えられなくなる。

私の後頭部にあった手が、いつしか背中に移動し優しく撫でてきた。

ゆっくり体を撫でる手つきも、唇の感触も全てが心地いい……

だがここで、結城の手が私のサマーセーターの中に滑り込み、直接肌に触れた。

その瞬間、私はここがマンションの前だということを思い出し、ハッとする。

「ちょ、ちょっと、結城、まっ……ん！」

我に返った私は、キスを続けようとする結城を両手でぐいと押し返した。だけど結城は、私の顔を両手で固定してキスを続ける。

「水無」

唇を離した瞬間に名前を呼ばれ、お腹の奥の方がきゅん、と疼《うず》いた。

少しの間見つめ合うと、結城はまたゆっくりと私の唇に自分のそれを合わせてくる。

さっきの激しいキスとは違う、優しく啄《ついば》むようなキス。

――どうしよう、止めたくない。だけど……

「だ、だめっ……！　人に見られちゃう……！」

私は必死で彼の胸を両手で強めに押す。すると、名残《なごり》惜しそうに唇を離した結城が、そのまま見つめてくる。

「……悪い。今日一日、ずっとお前に触れたかったから、我慢できなかった」

「そ、んな」

そんなこと言ってるけど、顔が笑ってるところを見ると本気で悪いと思ってないでしょ。

「じゃ……急《せ》かすつもりはないけど、なるべく早く返事をくれると嬉しい」

私は黙って頷いた。

「……あの、今日はありがと。楽しかった」

「ああ。また誘うから」

真っ直ぐに見つめて言われたら、「うん」としか言えない。

車から降りて軽く手を振り、マンションのエントランスに入った。振り返ると、ちょうど結城の車が走り出したところだった。

――私がマンションに入るまで見ててくれたのか……

そう思ったら、どうしようもなく胸が苦しくなった
私、結城が好きだ。それはもう、間違いない。

本当なら、今すぐにでも告白して、結城とのお付き合いを始めてしまいたい。

だけど、ここにきて、あの夜の過《あやま》ちが重くのしかかる。

――だあ～～もう、私ほんとに馬鹿だ……！　できることならあの日の私を殴ってやりたい。もうこれ、こっそり墓場まで持ってってっちゃだめかなあ～～。

記憶もなければ相手も分からないという状況に、今更になって打ちひしがれる。

時折通りかかるマンションの住人に怪しい目で見られながら、私はエントランスで一人頭を抱えるのだった。

五　これはもう、恋でしょうか

結城との初デートから一週間経ったある日。

はっきりと結城への気持ちを自覚した私は、再び酒に呑まれてやらかしてしまったあの夜のことで悩んでいた。

あの夜のことは、酒に酔った一夜限りのこととして封印し、結城と付き合ってしまいたい。

いやでも、もし付き合った後で結城がこのことを知ったらどう思うだろう……とするとこのままではいけないのではないか、という二つの気持ちで揺れている。

――はぁ、こんなことばっかり考えていたら、何も手につかないわ……

会社の机で悶々《もんもん》としていた私は、ひとまず頭を仕事モードに切り替える。

私が中心となって進めてきた会社創立五十周年記念の冊子制作も、そろそろ佳境に入っていた。

印刷所との打ち合わせで、予算の折り合いもついたし、装丁やレイアウトもほぼ決まった。後は原稿を入稿するだけなのだが――その原稿がまだ仕上がっていない。

事前に依頼していた社員の原稿は、すでに全員分揃っていた。ただ、あと一人、追加でお願いした坂崎常務の原稿がまだ届いていないのだ。

原稿の詳細は速攻でメールを送っておいたんだけど、その後なんの連絡も来ない。

入稿までのスケジュールは余裕をもって進めてはいるものの、できればそろそろ原稿をいただきたいところだ。だって、原稿をもらった後も、まだ校正だったり、各所のチェックだったりがあるのだから。

気難しくて気分屋と噂される坂崎常務のこと。まさかここへきて、やっぱり無理だとか、書けなかったとか言い出したりしないよね……

そんな考えがフッと思い浮かんで、背中がヒヤリとした。

嫌、それはこわいこわい!! 今から別の人を探すとか無理だから!

こうなったら失礼を承知で状況を確認しなければ。

私は早速、課長にこの件を相談し、役員室からの連絡を待つことにした。

すると、しばらくして私の机で内線が鳴った。きた! と思いすぐに電話を取る。

「総務部、水無です」

『お疲れ様です。役員室鈴木《すずき》です。先ほどお問い合わせのありました件ですが、原稿は出来上がっているそうなので、取りに来てほしいそうです。今でしたら、こちらに在席しておりますので』

よかった、と胸を撫で下ろす。

「ありがとうございます! ではこれからすぐにお伺《うかが》いいたします。できればその際に、お写真も撮らせていただきたいのですが」

そうお願いしたところ、快《こころよ》く承諾していただいた。

内線を切った瞬間安心して、ぐったりと体から力が抜けた。でもここで脱力している暇はない。

私はデジカメと、念のためこの前上がってきた冊子の見本とレイアウト資料を持って、課長に声をかけてから役員室へ急ぐ。

うちの会社は社長室はあるけれど、ほかの役付き社員は個別の部屋を設《もう》けていない。役員室という広い部屋で役員数名と秘書数名が仕事をしている。

あまり来る機会のない役員室のドアの前で立ち止まり、軽く深呼吸した。

意を決してドアをノックし、総務部の水無ですと名乗る。すると、すぐに中に通され、隣接するミーティングルームに案内された。

初めてお会いする坂崎常務からは、噂のような気難しい印象は受けなかった。ただ、雰囲気がどことなくピリッとしていて近づくほどに緊張する。

「君が担当の水無君か。わざわざ来てもらって悪いね」

いきなり名を呼ばれて、緊張感が高まる。気持ちを落ち着かせるために、お疲れさまですと頭を下げた私は、慎重に口を開いた。

「この度はお忙しい中、ご寄稿いただきましてありがとうございます」

「これが原稿だ。見てくれるかい」

そう言って、ぎっしり文字の書かれたレポート用紙を渡された。

常務はアナログ人間だ。キーボードを操作するより書いた方が速いということで、原稿は手書きだった。思っていたよりたくさん書いてくれていて、ちょっと感動する。

「ありがとうございます。助かります」

私が頭を下げると、常務は少し照れたように笑った。

「実はこういう文章を書くのが苦手でね。酒の席でやるなんて言ってしまって後悔していたんだが……君のメールに『この会社で経験した思い出深い出来事を綴《つづ》ってください』とあったから、三十七年間のいろいろな出来事を思い出しながら書いてみた。書いているうちに、いろんな思いが込み上げてきて、懐《なつ》かしい気持ちになったね」

「ありがとうございます。常務がこの会社で経験してこられた三十七年分の出来事は、この冊子にとってとても意味のあるものだと思っています。この記念冊子が、これまでの会社の変遷を懐かしんだり、もしくはこの会社で起きた様々な出来事を知ってもらうきっかけになればと思っています」

「ほう。制作は順調に進んでいるのかね？」

私は持ってきた冊子の見本と、レイアウト資料を机に広げる。

「冊子の大きさはＡ４サイズです。表紙は黒レザーに箔押《はくお》し加工をするので、かなり見栄えがすると思います」

常務と、近くにいた秘書の方が寄ってきて、興味深そうに見本を見ながら感嘆の声を上げる。

「写真を多用しますので、カラーが映えるよう中はマットコート紙を選びました」

印刷所から出てきた出力見本を出して説明を続ける。

「昔の写真はどこから借りたんだ？」

資料を手に取りながら常務が問いかけてきた。

「社長と会長にアルバムをお貸しいただきました。そこからピックアップしています」

常務が見本を直接手に取り、食い入るように眺める。

「冒頭に写真と年表……どうしてこういう作りにしたんだね？」

常務の質問に、私は冊子作りに当たっての自分なりの考えを述べる。

「はい、社内報とはいえ記念号ですから、これまでの我が社の歴史が分かる作りにしようと思いました」

ただ、あまり会社の歴史に重点を置くと、社史みたいになってしまうから、分量に苦心した。散々悩んだ末、写真に簡単な年表を添えて分かりやすくまとめてみた。

「社員のインタビューも幅広い年代から取ることで、五十年という時代の変化を意識しました」

頷きながら私の説明を聞いていた坂崎常務が、見本の表紙を撫でる。

「記念号とはいえ、随分立派な装丁だね。それは何故かな？」

「装丁に重厚感を出すことで、例えば今後、社内報に留まらず会社説明会やセミナーなどで活用できないかと考えています」

「ほう。記念号としての体裁だけでなく、今後の展望まで考えているわけだな。なるほど、それはいいアイデアだ。なかなか興味深くて立派なものができそうだね。仕上がりが楽しみだ」

常務は感心するように、うんうん、と頷いてくれた。

「ありがとうございます」

私は頭を下げつつ、ほっと胸を撫で下ろした。

すると常務が、何かを考え込むように見本をじっと見つめ、「そうだな、これなら……」と呟《つぶや》いた。

「この仕様なら、もう少し多めに刷《す》っていいかもしれん。経理には私から話を通しておくから、あと百部、追加してくれるか」

「は、はい。かしこまりました」

思いがけない注文に驚き、私は慌てて頭を下げた。

が、そのとき。

部屋にジャジャジャジャーン！　と、この部屋にまったく似つかわしくない音楽が流れてきた。

その瞬間、私の顔から一気に血の気が引く。

い……いけない……スマホの音、切っておくの忘れた……

緊急連絡用に制服のポケットに入れておいたスマホが、盛大にメールの受信を告げている。

「す、すみません……私の携帯です……」

な、何故このタイミングで……。せっかくいい雰囲気だったのに、台無しだよ。

私は青くなって、常務の顔色を窺《うかが》う。すると──

「……今のは、『暴れる将軍様』のテーマ音楽か？」

「……はい」

叱責を覚悟していた私は、常務の言葉に戸惑いつつ素直に頷いた。

「君、時代劇が好きなのかね」

「はい、大好きです」

すると常務が、たちまち相好《そうごう》を崩す。

「そうか！　若い女性が時代劇を好きとは、嬉しいね。なら君、今放送してる『たすけて！　お奉《ぶ》行様《ぎょう》』は観てるかい？」

「はい！　毎回欠かさず観ております！」

つい勢いよく返事をして、しまったと思う。だが、常務は更にご機嫌になった。

「そうか、君も観ているか！　あの番組は、私の最近の楽しみでねぇ。なんせ主演の俳優が実にはまり役だと思うんだよ」

「分かります！　お奉行様が町人に扮《ふん》してるところは、凄くコミカルで面白いですし、中盤以降のキリッとした名奉行ぶりとのギャップがいいですよね……悪人をバッサバサ裁いていくところも気持ちよくて」

「よく分かってるじゃないか、水無君!!」

すっかり気を良くした常務が、番組の面白さを語り始めたので、私もついつい素で熱く応えていたら、申し訳なさそうに秘書の女性が声をかけてきた。

「あの、常務、次の予定がありますのでそろそろ……」

「あ、ああそうだった。楽しくてすっかり話し込んでしまった」

――おっといけない。私もつい調子に乗って喋《しゃべ》り過ぎてしまった。

慌てて姿勢を正し、ここに来た目的を果たす。

「長居してしまって申し訳ありません。最後に、冊子用の写真を撮らせていただいてもよろしいでしょうか？」

「おお！　どうぞ撮ってくれ！」

ご機嫌状態をキープしたまま、二つのポーズで写真を撮らせてもらった。

「では水無君、いい仕事を期待してるよ！」

「はい、精一杯やらせていただきます！」

満面の笑みを浮かべたまま、常務は秘書と共にミーティングルームを出て行った。

ホッとしながら自分の部署に戻ると、心配そうな表情の課長がすぐに近寄ってきた。

「水無！　やけに時間がかかってたけど、大丈夫だったか？」

「はい。大丈夫です。原稿もいろいろ書いてくださって。写真も……ほら、凄くいい感じの笑顔が撮れました」

デジカメの画像と、受け取ったレポート用紙を見せると、課長の表情が驚きに変わった。

「おおー、思ってた以上に丁寧に書いてくれてるし、何よりこの写真！　常務のこんな笑顔めったに見られないぞ。やったなー、水無！」

「はい。この後、部長に確認をしてもらって、役員チェックでOKが出れば予定より早く入稿できそうです」

すると課長がふわりと柔らかく微笑み、私の肩にポン、と手を置いた。

「水無、頑張ったな。あんまり手伝ってやれなかったけど、よく一人でここまでやったよ」

ストレートな褒《ほ》め言葉が嬉しくて、なんだかこそばゆくなる。

「……あ、ありがとうございます。どうしたんですか、急に褒められるとなんか怖いです」

私の言葉に、くはっと笑いながら、課長は優しい笑顔で話し続ける。

「何も裏はないから、素直に受け取っておけよ。水無も成長したなぁって、しみじみ思ってるだけ。お前、彼氏もできたし、絶好調だな」

最後の言葉にドキッとして、私の視線が不自然に泳ぐ。

「え……かっ、彼氏、ですか……？」

言った途端に、カーッと顔が熱くなった。以前なら、すぐにきっぱりと「いません」と言えてた言葉が出てこない。

そんな私の変化を、課長は間違いなく感じ取っているだろう。その証拠に、ふ〜んと言って納得するみたいに何度か小さく頷いている。

「やっぱりなあ。なーんか最近、様子がおかしいと思ってたんだよ。仕事中、物思いにふけってたかと思えば急に赤くなったりさ。それに私服もちょっと変わったよな？　なんか女っぽい恰好になって、前より綺麗になった気がする……」

「うわ――っ、課長！　もういいです！　やめてください！」

思っていた以上に見られていて、衝撃を受ける。同時に、羞恥心《しゅうちしん》に駆られて、私は手を左右に振りわたわたと慌てふためく。

「まあ、部下が幸せそうで安心したよ」

真っ赤になった私を菩薩《ぼさつ》のような眼差しで見つめ、課長は自分の席に戻って行った。

もうっ……私ってば、そんなに分かりやすく態度に出てたの？　恥ずかし過ぎるよ……

席に着き、なんとか心を落ち着かせて原稿のチェックを始めたところで、通りかかった間宮君が顔を覗《のぞ》き込んでくる。

「あれ、水無さん顔赤いですよ」

真顔で指摘されてしまい、私は慌ててトイレに駆け込んだ。

鏡に映る自分を見ながら、頬に手を当ててすりすり擦《こす》ってみる。

赤み……少しは引いたかな。

そのとき、制服のポケットに入れておいた私のスマホが震えた。すぐにチェックすると結城からのメール。そこには簡潔な文章で、金曜の夜に食事に行こう、と書かれていた。

この間のデート以来、初めてのお誘いに、一気にテンションが上がる。

あの夜のことについては、未だに自分の中でどうしたらいいか答えは出ていない。

だけど、課長にバレバレってことは、結城にも少なからず気持ちの変化が伝わってるってことだよね？　でも……本当にこのまま付き合っちゃってもいいのかな……

お互い好きな気持ちが分かっているのに、あの夜のことがあるせいで前に進めないなんて、私ったら本当にバカ――

スマホの画面を見つつ、堪《こら》えきれないため息が出た。

このまま返事を保留し続けたら、結城の気持ちが変わったりしないだろうか。

考えていたら胃がキリキリ痛んできた。

――もう、止め。仕事しよう、仕事。

私は軽く頬を叩き、背筋を伸ばして自分のデスクに戻った。


そして週末の金曜日。

終業後、私はいつもよりちょっと丁寧に化粧を直し、ソワソワしながら待ち合わせ場所の公園に行った。

結城が好きだと自覚して、初めてのデートとあって、いつも以上に緊張する。

近くのベンチに腰掛け、さりげなく結城の姿を探した。

すると、うちの会社がある方向から結城が走ってくるのが見える。

「ゆ、結城!」

名前を呼んだら、こちらに気付いた結城がふわっと微笑んだ。

——やばい。これまでより数倍格好よく見えるんだけど……

「悪い、待たせたか?」

「う、ううん。そんなに待ってない。……じゃ、行こっか」

「ああ。店、予約してあるから。今日は俺の好みで選んだけど」

いいよ~と平静を装いつつ、結城の横に並んで一緒に歩き出す。どうか結城に、私の緊張が伝わりませんようにと願いながら。

彼が予約しておいてくれたのは、会社からほど近いアジア料理のお店だった。

店内に入るなり流れてくる音楽や、ダークブラウンを基調としたアジアンテイストな置物。それにほんのりと薫《かお》るお香がモロにアジアンチックな雰囲気を醸《かも》し出している。

なんだか不思議な空間。普段あんまりこういったお店には来ないから、ちょっと面白いかも。

「アジア料理、久しぶりだよ。結城はよく来るの？」

「まあな。俺、結構辛い料理が好きでさ。たまにすっげー食べたくなるの」

へー。そういえば、この前水族館に行ったときもアラビアータ頼んでたよね。

なるほどね、結城は辛いものが好きなのか。メモメモっと。

オーダーを取りに来てくれた女性の店員さんは、ベトナムの民族衣装であるアオザイを着ている。体にフィットしたデザインがとても色っぽくて素敵だった。

オーダーしたのは、牛肉のフォーとタイカレー、エビとアボカドの生春巻き、トムヤムスープにタイ風春雨《はるさめ》サラダ。他にも気になるものがあったけど、全部食べきる自信が無くて今回は諦める。

結城はビールを注文したけど、私は自制してジャスミンティーにした。

「飲まないのか!?」と結城には驚かれたけど、好きな人の前で醜態《しゅうたい》を晒《さら》すのはもうこりごりなので。

「そういや、例の冊子はどう？」

結城が運ばれてきたビールを一口飲んで、ジョッキを静かにテーブルに置いた。

「うん。おかげさまで無事に入稿までいったよ。この後まだチェックとかいろいろあるけど、ようやく一段落ってとこかな。普段お会いすることのない坂崎常務と直接お話しできて、いい経験させてもらったよ」

常務の名前を出したら、結城がぎょっとした。

「えっ、坂崎常務⁉　あの気難しいって噂の……」

「それが……噂と全然違ってて、優しく対応してくださったの。凄く話しやすくて結構ノリノリだったよ」

「あの常務が？　ノリノリの常務なんて見たことねえよ。凄いなお前……」

結城が驚きながら、腕を組んで椅子の背に凭《もた》れかかる。

「実は常務も時代劇が好きみたいでね、その話で盛り上がったの……。結城も常務と話が合うかもよ？」

「へえ～……覚えとこ」

「ほんと、一安心だよ。最初に任されたときは、かなりのプレッシャーがあったからね。でも、内藤課長も褒《ほ》めてくれたし、頑張ってやってきてよかったぁ」

その瞬間、結城の目がぱち、と見開かれた。

「内藤さんに、なんて言って褒められたんだ？」

「ん？　成長したなって。なんだかんだで、内藤課長は入社当時から私のこと見てくれてるからね。やっぱそう言ってもらえて、ちょっと嬉しかった」

「ふーん」

気のせいか、結城の声が低くなった気がする。それに、どことなく表情が曇ったような……

「結城、どうかした？」

「……いや、なんでもない」

ちょっと気になって問いかけるけど、結城は笑って首を振った。それからすぐに、続々と料理が運ばれてくる。結城が何事もなかったみたいに料理を小皿に取り分けてくれるので、私もそれ以上追及するのをやめた。

取り分けてもらった料理は、どれもそれなりに辛い。だけど辛さの後にじんわりと旨味《うま》がきて、不思議と後を引く。

「うん、辛いけど美味《おい》しい。止まらなくなるね」

「だろー。辛さってなんでか癖になるんだよな。辛いけどやめられない」

「結城が辛いもの好きだったなんて、六年も付き合いがあるのに、知らなかったよ」

辛いと言いつつ、平然とした顔で料理を食べている結城の顔を覗《のぞ》き込む。

「いや、好きになったのは最近なんだ。昔はどっちかっつうと苦手だったし。ただ、二年くらい前にえらい旨《うま》い担々麺と出会ってさ。それからだな」

「へえ～担々麺！　美味しいよね」

私が笑顔で頷くと、結城もにっこり微笑んだ。

さっきまでは緊張して、何話したらいいんだろうって思っていたのに、結城とスムーズに会話できてる。そのことが嬉しくて、私の顔は自然と綻《ほころ》んでいった。

和やかな雰囲気でお互いの好きなものを話していると、時間が経つのを忘れてしまう。

結城もいつもより笑顔が多くて、楽しそうだ……

やっぱり私、結城の笑顔を見るのが好きだな。綺麗な顔をくしゃ、とさせて目が細くなるところ。

結城のそんな顔を見ると、自然と愛しさが溢《あふ》れてきちゃう。

あの夜のことなどすっぱり忘れて、結城と恋人同士になりたい。

なのに、万が一あの夜のことが結城にバレて、嫌われてしまったら？　そう考えると、怖くて本当の気持ちが言い出せないのだ……

「……？　水無？」

下を向いて考え込んでいた私を、結城がじっと見つめている。

「あ、ううん。なんでもない」

今は考えるのはよそう。

せっかく結城と一緒に美味しい料理を食べてるんだから、この時間を楽しまなくちゃ。

私は気持ちを切り替えて、結城に笑いかける。

食欲をそそる辛い料理と共に会話も弾み、気が付いたら二時間が過ぎていた。

「もうこんな時間なのか」

腕時計を見た結城の言葉に、まだそんなに経っていないと思っていた私もびっくりする。

荷物を持ってレジに行くとまたしても結城が奢《おご》ってくれようとした。

さすがに毎回それはよろしくない。私は無理やり半額に当たるお札を結城のポケットに滑り込ませた。気付いた結城がちょっと渋い顔をする。

「いいって言ってるだろ」

「ダメ。この前から奢ってもらってばっかりじゃん。それだと、気軽にご飯食べに行こうって誘いにくいよ。結城とご飯食べるの楽しいし、これからも一緒に行きたいからさ……」

素直に自分の気持ちを伝えたら、何故か結城が黙り込んでしまった。

無言で会計を済ませて、そのまま店の外へ出て行ってしまう。慌てて私も店の外に出ると、結城がちらりと視線を向けてきた。

——なんだろう？

怒らせたのだろうかと不安になる。じっと彼の言葉を待っていると結城がぼそっと呟《つぶや》いた。

「この後、うちに来ないか？」

「えっ……結城の……？」

「他にどこがあるんだよ」

結城はふっと苦笑した。そして、再び口をつぐんでじっと私の言葉を待っている。

——えと、それはもしかしなくても、夜のお誘い……？

思わず視線が泳ぐ。今が夜でよかった。たぶん今私顔真っ赤だろうから。

「あの、でも……」

返事に困って挙動不審になっている私を見て、ため息をついた結城が口を開く。

「襲ったりしない。だからそんなに身構えなくても大丈夫だって」

表情を緩《ゆる》めた結城を見て、ほっと肩の力が抜けた。

「……そ、そうですか……」

なんか、先走っていろいろ考えてしまったことが恥ずかしい。

だって、そりゃあ身構えもするでしょうよ。この前だって、帰りがけにいきなりキスとかしてきたしさ。

結城の顔を真っ直ぐ見られないまま、私はぼそぼそと答える。

「じゃ、ちょっとだけお邪魔します」

「どうぞ」

微かに笑った結城が、私の手を取って歩き出した。

近くの駅からタクシーに乗り、結城の住むマンションに向かう。運転手に行き先を告げた後、しばらく無言の時間が続いたが、ぽつりと結城が口を開いた。

「ちなみにうち、物があんまりないから」

「そうなの？　なに、片づけ魔なの？」

「そういうわけじゃないけど……あんまり物を買わないからかな。去年までテーブルもなくてさ、さすがに最近になって買ったけど」

——うちに結城を呼ぶときは、事前に念入りな掃除と片づけが必要だな……

結城の話を聞いて真っ先に思ったのはそれだった。うちは常に収納がパンパンだし、どちらかというと物が多い。部屋に物が無いなんて、一度でいいから言ってみたいよ。

「この次の信号を過ぎた辺りで停めてもらえますか」

三十分くらいタクシーに乗っていただろうか。結城が身を乗り出して、運転手さんに告げた。

それからすぐにタクシーが停まり、先に降りた私は辺りをキョロキョロと窺《うかが》う。

電柱に貼ってある地名を見ると、私のマンションから車で二十分くらいの場所だった。

意外と近くに住んでたんだな、なんて変なところで感動する。

「行くぞ」

「あ、うん」

精算を終えた結城が私に声をかけ横を通り過ぎて行った。私は小走りで彼の後に続く。

割と新しいマンションの二階の角部屋が結城の部屋らしい。

「お邪魔します……」

何度経験しても、初めて来る男性の部屋ってドキドキする。

部屋は広めのワンルームで、結城の言う通り確かに物が少ない。

最低限といった感じで置いてあるのは、壁際のベッドと、その手前にある二人掛けの黒いカウチソファー。あとはテレビと本棚くらい。

全体的に黒で統一されている部屋は、外見のイメージよりずっと男っぽいなぁ、なんて思ってしまった。言ったら絶対怒られそうだから言わないけど。

「ベッドでもソファーでも、好きなところに座って。飲み物はビール？　それともコーヒー淹《い》れるか？」

「じゃあコーヒーで」

「本当に酒飲まないんだな」

ご飯のときから一滴も飲んでない私に、結城が心底驚いた顔を向ける。

「ちょっとね。しばらくは控えようと思って」

ふうん、と言って、結城はジャケットを脱いでフローリングに置き、コーヒーメーカーをセットし始めた。

その間、あんまりじろじろ見るのも悪いかなあと思いつつ、つい私は部屋をキョロキョロ見回してしまう。

「ほんとに物が少ないね……」

「まあ、生活はできてる」

きっと、会社から帰ったら、ソファーでテレビを観て、飽きたら寝る！　みたいなシンプルな生活をしているんだろうな。容易に想像がつく。

そんなことを考えていると、部屋の中にコーヒーのいい香りが漂《ただよ》ってきた。

「一年前までテーブルもなかったの？　じゃあ、食事とかどうやって食べてたわけ？」

「まあ、床に置いたり、とか？」

「ええーっ、食べづらいでしょ」

「……念のために言っとくけど、掃除はちゃんとしてるからな」

その言葉に、笑ってしまった。

私はリビングの真ん中に置かれたソファーに座り、着ていたジャケットを脱いで側に置いた。今日の私の恰好は、シンプルなブルーストライプの襟付きシャツとベージュのガウチョパンツ。なんとなく、スカートじゃなくてよかったと思ってしまう。

しかし、物が少な過ぎる部屋というのもなんだか落ち着かない。気を紛《まぎ》らわせるために、本棚に目をやると、仕事関係の本の他にハードカバーの小説が並んでいた。

——へえ、結城って小説読むんだ……

「何、なんか気になるものでもあった？」

コーヒーの入ったマグカップを差し出しながら、結城が私の隣に座る。

思いの外近くて、私の体がビクッと反応した。

——ちっ、近いよ。こんなに近いと嫌でも意識しちゃうじゃない。

「気になるものっていうか、仕事関係のものが多いなって。あと小説読むんだ」

結城を意識しているのを誤魔化すように、本棚に視線を送る。

それを見た結城が「ああ」と言って頷いた。

「仕事関係の本は必要に駆られて？　小説はたまに無性に読みたくなるんだよな。推理小説が多いけど、気になるものがあれば持って行っていいから」

「ありがと。推理小説は読みたいな」

淹《い》れてもらったコーヒーをすすり、ほう、と息をつく。

なんだかいつも私が飲むコーヒーより濃いな。これが結城の好みなのか……

手に持っていたコーヒーに視線を落として、じっと見ていたら、隣でふっと笑う気配がした。

なんだろうと思って、結城を見上げる。

「……俺の部屋にお前がいるのは、なんか変な感じだな」

「え、そう？　今までだって普通に仲良くしてきたんだし、別に変ってことはないんじゃない」

私の言葉に結城が首を振った。

「お前、今まで俺のことを男として意識してなかっただろ。一緒に行動してても、必ず湯浅がいた。こんなふうに二人きりになることなんか、ほとんどなかったんだよ。あの旅行までは」

「……確かに、そうかも……」

結城が持っていたマグカップをテーブルに置き、どこか照れくさそうに私の顔を見る。

「自分で呼んどいてなんだけど……すげえドキドキする」

「!?」

急に結城がそんなこと言うもんだから、驚いてコーヒーを噴き出しそうになった。

「なっ!! いきなり何を……」

口元を手で拭《ぬぐ》いながら結城を見ると、ふい、と顔を背ける。

「好きな女が隣にいるんだから、仕方ないだろ」

——照れてる結城！ は、初めて見たかも……

「結城って、いつも余裕でいろいろ慣れてそうだったから、こういう状況も平気なんだとばっかり」

正直に思ったことを言ったら、結城があからさまにムッとした。

「慣れてねえし。っていうかお前は俺をなんだと思ってるんだ……」

なんだ、結城もドキドキしてたんだ。ちょっと安心した。

「よかった、私だけじゃなかったんだ……」

「……お前もドキドキしてるのか？」

あっ、しまった！　つい……！

慌てて結城を見ると、私をじっと見つめている。

「そっ、そりゃ男の人の部屋なんて行くことそうそうないしっ、緊張するでしょう⁉」

「まあ、そうか……」

ばつが悪そうに私から視線を逸《そ》らした結城にほっとする。

上手《うま》く誤魔化せたようだ。

私はバッグからハンカチを取り出そうと、テーブルにコーヒーを置いた。そこでふと目に留まった結城の横顔をまじまじと見つめる。

やっぱり綺麗な顔だなー……男の人なのにまつ毛が凄く長い。よく見たら瞳の色は綺麗なライトブラウンだ。焦げ茶色の柔らかい髪が、部屋の明かりに照らされてキラキラ光って見える。

「内藤課長もイイ男って言われてるけど、顔の綺麗さは結城の方がイイ気がする……」

頭の中で考えていたことが、知らぬ間に口から漏《も》れていたらしい。

その呟《つぶや》きを聞いた結城が、眉を寄せて私の顔を見てきた。

「おま……ここでまた内藤課長の名前を出すか？」

「え、なんで？　だって私の直属の上司なんだから、名前が出るのはよくあることで……」

何故結城が怒っているのかがよく分からなくて、キョトンと彼の顔を眺める。

そんな私に痺《しび》れを切らしたように、結城が勢いよく向き直った。

「だから！　イイ男とか、褒《ほ》められて嬉しいとか、お前の口から他の男の話なんて聞きたくないんだよ。分かれよ！」

それって、もしかすると……

「結城……内藤課長に嫉妬してるの？」

「……だったらなんだ」

ブスッとしたまま、ぶっきらぼうに結城が言い放つ。

「だって、私にとって課長は、あくまで上司として尊敬できる相手ってだけだし……」

「その割には、やけに会話に出てくるじゃん。今だって、内藤さんのことイイ男って言ってたし？

それってお前の主観じゃないの」

結城はまだご立腹なのか、やけに突っかかってくる。

「え、でも、課長と結城だったら、私は絶対結城の方がいいもの……」

焦った挙げ句、思わずぽろっと本音が出てしまった。

結城がハッとして私を見る。

「今なんて言った？」

あまりに強く反応するものだから、私はビクッと震えた。

「えっ」

「今、課長と俺なら俺の方がいいって言わなかったか？」

「……」

真剣な顔で確認され、私はばつが悪くて黙り込んだ。

確かに言ったけど、改めて「言いました」とはさすがに言いにくい。

だってそれって、結城のことが好きだって言ってるようなものだと、気が付いてしまったから。

「水無」

はっきりと名前を呼ばれて、私の掌《てのひら》の上に結城の手が重なった。そして彼は真剣な表情で私を見つめる。

二人の間に流れる空気が急に変わったのを感じて、私は息を呑んだ。

「この前からそうなんじゃないかと思ってたんだけど」

「な、なにを……」

結城の鋭い視線に困惑して、ジリジリと体ごと後ずさる。

「お前、俺のこと好きだよな？」

「っ……!!」

口を半開きにしたまま言葉が出ない私を見ながら、結城が距離を詰めてきた。

「何を気にしてるのか知らないけど、素直に俺と付き合うって言っちまえよ」

ちょっと不機嫌そうに眉根を寄せて、結城が迫ってくる。

私はその勢いに押され、つい視線が泳ぐ。

「それはっ……」

「もし俺の考えが間違ってないなら、このままお前を帰すわけにはいかない」

そう言って、結城が私の手首をギュッと強く掴《つか》んだ。

ハッと顔を上げたときには、目の前に結城の体が迫り――次の瞬間、私はカウチソファーの上で結城に組み敷かれていた。

「ちょっ……結城!?」

にわかに焦る私の上で、結城が甘い声で囁《ささや》いてくる。

「ほら、言ってみろよ。俺のことが好きだって」

耳元で囁かれて、ぞくぞくした感覚に首を竦《すく》めた。

「……!!」

どうしよう、どうしたらいい……?

いろいろなことが浮かんできて、咄嗟《とっさ》に返事ができない。

「ちょ、ちょっと待って……何もしないって言ったじゃない」

すると私の手首を掴む結城の手にぐっと力が入った。

「目の前に好きな女がいて、しかもこの状況で、男が我慢できると思うか?」

「えっ……」

ドキッとして彼の目を見つめると、結城の顔が近づき、唇に柔らかいものが触れる。

「……!!」

驚いて目を丸くしている私の唇を、結城が優しく食《は》み、ゆっくりと舌を差し込んできた。

きつく腕を掴まれ動くこともできない状態で、私はただ結城から与えられるキスに翻弄《ほんろう》される。

「んっ……!」

深く唇を合わせ、結城の舌が私の口腔《こうこう》をねっとりと舐《な》め回し舌を絡《から》め取る。激しく唇を貪《むさぼ》られるうちに、私の体から抵抗する力が奪われていった。

きっと、強く抵抗すれば結城は止めてくれる。それをしないのは、心のどこかでこうされることを望んでいるから……？

結城は掴《つか》んでいた私の手首を離し、キスをしながら私のシャツの前ボタンに手をかけた。

そんな彼に戸惑いの眼差しを向けると、ボタンを外す指の動きが止まる。

「ごめん。返事を待とうと思ってたけど……もう限界だ。お前が欲しくてたまらない」

真剣な結城の顔を見たら、胸が熱くなり彼への愛おしさが込み上げてくる。

——拒否するなんてできない。だって私も、同じ気持ちだから……

私の中で何かが弾けたのを感じた。

気付いたら私は、結城に向かって小さく頷いていた。そして彼の頬に手を当て、優しく撫でる。

それを了承の合図と受け取ったのか、結城が再び口付けてきた。

あっと言う間に深く激しくなるキスに思考を奪われる。私は彼のシャツの胸の辺りを掴んで、ただただそれに応えた。

「はっ……んんっ……！」

結城はキスを続けつつ、手早く私のシャツの前ボタンを外す。そしてシャツを脱がせながら、私の肩の辺りに直接触れてきた。

ちょっと冷たい彼の手の感触に、ビクッとしてしまう。

「ごめん、冷たかった？」

私を気遣う結城に、私は首を左右に小さく振った。

「……ううん……大丈夫」

結城は安心したように柔らかく笑って、剥《む》き出しになった私の鎖骨に唇を当てる。そこから胸の膨《ふく》らみまでキスを落としつつ、キャミソールの肩紐を外しブラジャーに包まれた胸を露《あら》わにした。

「水無……」

熱い吐息を零《こぼ》し、彼は私の胸元に顔を埋《うず》めた。

——あ、結城の香り……

私の顎《あご》の下にある結城の髪から漂《ただよ》う香りに、頭がくらくらする。

どうしよう……私も、結城に触りたい。

その欲求に抗《あらが》えず、彼の柔らかい髪に手を差し込み、ゆっくり撫でた。結城が驚いたように顔を上げたと思ったら、嬉しそうにはにかみ私の唇にチュッとキスを落とす。

キスをしながら私の腕を撫で上げ、ブラの肩紐をそっと肩から外していく。そして、ほろりと露出した胸の膨らみを、大きな手で包み込みやわやわと捏《こ》ね始めた。

「柔らかいな、お前の胸」

「……くすぐったいよ」

彼の骨ばった指が胸の膨らみの先端を掠《かす》め、肩が震えた。

「あっ……」

「くすぐったい？」

私の反応を見てにやりと笑うと、結城は指の腹で先端をぐりぐりと弄《いじ》る。

「あ、んんっ、やっ……」

息を荒くする私を見ながら、彼はそれを口に含み舌で舐《な》め転がした。

「あっ……んんぅ」

「気持ちいい？　腰が動いてる」

こんなふうにされたら、腰だって勝手に動いちゃうよ。

それくらい、結城に与えられる快感は気持ちいい。

言葉もなく息を乱す私に、結城は胸への愛撫を再開した。両手で胸を捏《こ》ね回しつつ、硬く尖《とが》った乳首に舌を這《は》わせる。

堪《こら》えきれず口から漏《も》れる喘《あえ》ぎ声が、物が少ないせいかやけに響いている気がして、咄嗟《とっさ》に自分の口を手で塞《ふさ》いだ。

「なに、口なんか塞いで」

それに気付いた結城が　乳首から口を離して顔を上げた。

今の今まで舐められていたそこは、己を主張するようにピンと立ち上がり、唾液でてらてらと光っている。それがやけに艶《なま》めかしく映り、私は顔を逸《そ》らした。

「だ、だって、恥ずかしいよ」

「なんで？　お前の声聞きたいんだけど」

それじゃなくても恥ずかしいのに、そんなこと言われたらいたたまれなくなる。

「……もう、さっきからそういうことばっかり言って、私をどうしたいのよ」

「そうだな……」

私の体を跨《また》いだまま上体を起こした結城が、おもむろにシャツを脱ぎ出した。そしてあっという間に上半身裸になると、再び私にのしかかってくる。

目の前で露《あら》わになった結城の裸体は、無駄なく綺麗に引き締まり、お腹の辺りがちょっと割れていた。なんともセクシーな彼の体を見た瞬間、きゅうんとお腹の奥が反応してしまう。

「お前を俺で蕩《とろ》けさせたい」

綺麗な顔でとんでもないセリフを吐いた結城は、再び私の唇にキスをした。そうしながら柔らかく体を撫でる手が私のウエストで止まる。

「ん……」

ガウチョパンツのウエストがクッと緩《ゆる》んだと思ったら、あっと言う間に脱がされた。体に引っかかったままだったブラジャーも取られ、私はショーツ一枚の姿にされる。

私に跨ったままの結城が、じっと私を見つめてくる。

「やだ、そんなに見ないで」

彼の視線に耐えられず、手で体を隠そうとした。その手を結城に掴《つか》まれる。

「いやだ。この柔らかい胸も、脚も……ずっと触りたかった」

言いながら結城の指先が私の体をつつーと辿《たど》っていく。そうして彼は私の片脚を持ち上げると、太腿《ふともも》にチュッとキスをした。

そんな結城に降参して、自分から彼の体に抱きつく。私の耳朶《じだ》をかぷっと食《は》み、嬉しげに彼が囁《ささや》く。

「……いいんだな。止めないぞ」

「ん……」

肯定するように、結城の首に回した腕に力を込める。

優しく私を見つめた結城は、そっと唇を重ね合わせた。ちゅ、ちゅと啄《ついば》むような軽いキスが、次第にクチュクチュと舌を絡《から》め合う濃厚なキスに変わっていく。

結城の頭を抱いてキスに応えていると、彼の手が私の胸から下腹部に移動していった。

結城はショーツの中に手を差し込み、優しい指遣いで秘裂をなぞり始める。

「ん、はあ……」

彼の手は、溢《あふ》れ出る蜜を擦《こす》りつけるみたいに何度も何度もそこを往復する。その途中、掠《かす》めるように敏感な突起に触れられ、身を震わせ声を上げてしまう。

「すげえグショグショ。ほら」

そう言って、結城がショーツから引き抜いた手を私に見せる。蜜で光る指が視界に入り、かあっと顔に熱が集中した。

「やだ、そんなの見せないでよ」

「なんで？　お前が俺でこんなになってると思うと、嬉しくてたまんねぇ」

蜜が絡まる指をペロリと舐《な》めた結城が、私のショーツを脱がせ、ぐいと脚を割り開く。

「あっ、ちょ、まって……」

性急に求めてくる彼に焦り、動きを押し止めようとした。なのに、彼は私の制止に構わず、股間に顔を埋《うず》めてくる。

「ん！」

花弁を指で開きゆっくりとそこに舌を這《は》わせる。更に、剥《む》き出しにされた小さな芽を舌先で弄《いじ》り、じゅっと強く吸い上げた。

「んんんっ……‼」

強烈な快感に、激しく背中が反《そ》り返る。

「ああっ……‼　だめっ……！」

強烈な刺激から身を捩《よじ》って逃れようとするが、結城の執拗《しつよう》な攻めが止まることはない。

「……う、もう、いやあ……そこばっかりっ……」

「本当に嫌か？　どんどん溢れてくるよ。舐めるだけじゃ追い付かないくらい」

言うや否や、彼は蜜の溢れる秘所に唇を当て、そこをジュルッと音を立てて吸った。

「あんっ……‼」

その間も、結城は敏感な芽を指でぐりぐり押し潰したり、指先で弾いたりする。

「あっ、だ、だめえ……っ‼」

急激に私の快感が高まり、あっという間に一人で達してしまった。

ハアハアと呼吸を乱しながらソファーの上でぐったりする私の横で、結城がカチャカチャとベルトを外し始める。

一気にスラックスとボクサーショーツを脱ぎ去り、一糸《いっし》纏《まと》わぬ姿になった。

彼はどこからか避妊具を取り出し、すっかり勃《た》ち上がった自身に装着する。そして、再び体を重ねると、私の股間にそれを宛《あて》がった。

「もっとゆっくりほぐしてやりたいけど……ごめん、我慢できない」

どことなく切羽《せっぱ》詰《つ》まった様子で、彼は何度か私の秘裂にソレを擦《こす》りつけ、ゆっくりと蜜口へ押し込んでくる。

「んんっ……!!」

ググッと中に挿入《はい》ってくる久しぶりの圧迫感に、初めてでもないのに緊張した。

眉間に皺《しわ》を寄せ、呻《うめ》き声を漏《も》らす結城がやけに色っぽくて、目を奪われる。

「う……キツいな……」

「ご、ごめん、緊張してて……」

「いいよ」

結城がふっと笑って、私を強く抱きしめた。

「辛かったら言って」

自分の方がよっぽど辛そうなのに、私を気遣ってくれる結城にきゅんと胸が苦しくなる。

お互いに見つめ合い、どちらからともなく唇を合わせた。

クチュクチュと唾液を絡《から》ませ合うようにキスをしながら、結城がゆっくりと私の奥を穿《うが》ち始める。

「んん、ふあっ……」

苦しくなって思わずキスを解いた。

強く突き上げられる度に、私の口からはあられもなく喘《あえ》ぎ声が漏れてしまう。

「あっ、んっ、んっ……」

「う……すげえ締まる。気持ちいい……」

やがて下半身の方からもグチュッグチュッと淫《みだ》らな水音が聞こえてくる。溢《あふ》れ出る蜜が潤滑油《じゅんかつゆ》となって結城の抽送《ちゅうそう》が速さを増した。

「やっ、は……んんっ」

「やべえ……瑠衣、お前の中すげえ熱い」

瑠衣、と初めて下の名前で呼ばれたことに気付く。

だけど不思議と違和感が無い。むしろ、ずっと前からそう呼ばれていたように感じる。

なんでだろう、と考えていたら、結城が私のお尻をグッと掴《つか》んだ。それによって、より深いところに彼のモノが当たり、突かれる度に甘い痺《しび》れが全身を駆け巡《めぐ》る。

「んっ、あっ、あ……ゆ、結城っ」

名前を呼ぶと、私の中で彼の質量がグッと増したような気がした。

私を突き上げながら彼は両手で私の頬を押さえ、首筋や頬にキスの雨を降らせる。

「瑠衣、可愛い。ずっと、ずっとこうしたかった……」

絞り出すみたいな結城の声音に、愛おしさが込み上げる。それと同時に、強い快感の波が急激に押し寄せてきた。

しかし彼は、激しく中を突いていたモノを勢いよく引き抜いてしまう。そして戸惑う私の体をうつ伏せにさせた。

「あっ、ゆっ結城……？」

驚いて肩越しに振り返ったら、背中にのしかかられる。直後、後ろから彼のいきり立ったモノをグッと押し込まれた。

「ああっ……」

強い衝撃で、私の口から一際大きな声が出た。

後ろからの挿入により、さっきまでとは違った場所を刺激される。

——あ……なんか、やばいかも……

よりダイレクトに気持ちいいところを突かれて、一気に興奮が高まっていく。

ソファーに突っ伏し、身を震わせた私は快感から逃れようと左右に首を振る。

「やっ、だめ、奥やばいっ……」

「……ここ、気持ちいいんだ？」

更に強く奥を突き上げ、後ろから回した手で私の胸を揉《も》んでくる。

ぐにぐにと乳房の形が変わるほど捏《こ》ねられ、時折キュッと先端を摘《つ》ままれると、ピリッと電気みたいな快感が走った。

結城は、背後からぴたりと体を重ね、私の耳朶《じだ》を甘噛みしてくる。熱い吐息と共に耳の中を舐《な》められて、ぞわぞわとした気持ちよさに体が震えた。

「あ……！」

「またきゅって中が締まった。可愛い、瑠衣」

少し笑いを含んだ口調で、結城が私の頬にちゅっとキスをする。そうして彼は、再びゆっくりと奥を突いてきた。

「はあっ……あっ……も、無理……」

静かな部屋の中に、互いの息遣いと体がぶつかり合う音が聞こえる。

激しく背後から突き上げられる快感に、思考が追い付かない。

もういっぱいいっぱいな私に気が付いたのか、結城は私を穿《うが》つ速度を緩《ゆる》やかにした。そして宥《なだ》めるように私の背中に、何度もキスをしてくる。

——キス、したい。

そう思って振り返り、結城に手を伸ばした。

「結城……」

私が何を欲してるのか、彼にはお見通しのようで、すぐに唇にキスをくれた。

結城が体を繋《つな》げたまま私を反転させ、再び正面から抱き合ってキスを繰り返す。

指を絡《から》ませ手を繋ぎ、私は目を閉じて結城から与えられる快感にただ喘《あえ》ぎ続けた。

激しく体を揺さぶられながら、私の中にいる彼をはっきり感じる。

大きくて、熱い……気持ちよ過ぎてこのまま意識が飛んじゃいそう……

「んっ……」

彼の声に反応し、目を開ける。

汗を滴《したた》らせて、腰を打ち付ける彼の顔が苦しげに歪《ゆが》む。それを見た瞬間、興奮が増した。

「や……」

やばい、と言おうとした唇を、結城に塞《ふさ》がれる。私の体をきつく抱きしめた彼は、唇を離し耳元で熱く囁《ささや》いた。

「もう、離さねえから」

言うや否や、彼の腰の動きが一気に速度を増した。

お腹の奥を激しく擦《こす》られると、強過ぎる快感で何も考えられなくなる。

あっ、もうダメ、イッちゃいそう……！

「や、あ、だめ、だめ……そんなに突かれたらイッちゃう……!!」

「いいよ、イけよ」

その言葉と、私の耳をくすぐり続ける結城の熱い吐息で、頭がくらくらする。

「んっ……結城っ……」

そして興奮が頂点に達したとき、私の全身を快感が足早に駆け抜けていった。

「ああっ……！」

足を突っ張らせて達した私を抱きしめ、結城が強く腰を押し付ける。

「んっ……！」

呻《うめ》き声を漏《も》らし、しばらく体を痙攣《けいれん》させた後、結城が覆《おお》い被さってきた。

二人ともハアハアと息を荒らげ、甘い余韻に浸《ひた》る。

「瑠衣……」

優しく囁くような声で名前を呼ばれ、唇にキスをされた。啄《ついば》むようなキスをしながら私の体に触れてくる指にうっとりする。

――結城の手って、気持ちいい。もっともっと触ってほしい……

私は結城の頬に手を添えて、彼から与えられるキスに精一杯応えた。


「ん……」

気が付いたら夜が明けていた。

目を覚まして、真っ先に感じたのは体に巻きつく結城の腕。肩越しにそっと後ろを確認すると、すうっと静かな寝息を立てる結城がいた。

昨夜は結局、ソファーで一回、ベッドに移動して二回した。最初に結城が宣言した通り、蕩《とろ》けるどころかどろどろになるまで抱かれてしまった。

私の胸にちりばめられたキスの痕《あと》が、激しかった昨夜の出来事を物語っている。

えっ……こんなに？　と驚くと同時に、今になって恥ずかしくなってきた。

もう、もう……あんなことしちゃって、これから私、結城の前で普通にしていられるのかな……

一人で悶々《もんもん》と考えて赤くなっていたら、お腹に巻き付いている結城の腕に力が入った。

「おはよ」

「きゃっ！」

いきなり結城が耳の側で囁《ささや》いたので驚いて叫んでしまった。

「耳、赤くなってきた。可愛い」

戸惑う私に構わず、クスッと笑った結城が私の耳に唇を寄せ、カプ、と甘噛みする。

「やっ……」

ゾクゾクした感覚に身を縮ませると、耳の中に舌を入れられ舐《な》められた。

「きゃあっ！」

びっくりして体を捩《よじ》って結城から逃げようとする。けれど、お腹回りをがっちりホールドされていて、逃げるに逃げられない。

「ゆ、結城ってば……」

「瑠衣」

耳を舐めるのを止めた結城が、仰向けにした私に覆《おお》い被さりキスをしてきた。

「ん……」

ちゅ、ちゅ、とキスを繰り返す結城が、私をぎゅっと抱きしめてぼそっと「帰したくないな」と呟《つぶや》く。

——どうしよう……私も離れたくないけど、何もお泊まり道具とか用意してないし……

しばらく逡巡《しゅんじゅん》し、私を抱きしめる結城に声をかけた。

「私も帰りたくない。でも、できたらちょっと買い物に行きたいんだけど……」

おずおずと切り出すと、抱きしめる腕を少し緩《ゆる》めてニッコリ笑う結城。

「近くにコンビニがあるよ」

そう言って、再び唇を塞《ふさ》がれる。

「んっ！」

そのまま彼の手が私の胸に触れ、ぐにぐにと揉《も》み始めた。

「あっ……ま、待って……」

大きな手の中で激しく形を変える乳房の先端を、結城がキュッと摘《つ》まんで指の腹で転がす。

ピリピリとした甘い痺《しび》れに、私の呼吸は自然と荒くなっていった。

「はっ……あっ……」

指で弄《いじ》られ硬く尖《とが》った乳首を、結城が嬉しそうにぱくりと口に含み舌で舐めながら転がしてくる。

「んっ……！」

ビクンと体が反応し背中が反る。

結城の巧《たく》みな愛撫により、私の下半身は自然と潤《うる》み始めてしまう。

「あっ……んんっ、だ、だめえ……」

「ダメって。お前もう濡れてるだろ？」

ちょっと意地悪な笑みを浮かべて、結城が私の脚の間に指を入れてきた。

ゆっくりと前後に指を動かされると、クチュクチュと音がするくらい蜜が溢《あふ》れていて。

「〜〜〜っ、もう、意地悪っ……‼」

だって仕方ないじゃない!!

結城を軽く睨《にら》みつけると、まったく悪びれた様子のない結城の笑顔。

彼はすぐに避妊具をつけた屹立《きつりつ》を私の中に挿入してきた。

「ああっ……んっ……！」

「瑠衣……っ」

私の脚を持ち上げて、彼は奥を抉《えぐ》るように押し入ってくる。いきなり深いところを攻められて、それだけでイッてしまいそうになる。

「あん……！　そんな、深いところ……！」

「可愛い、瑠衣。好きだ」

私を見つめる結城は、なかなか見ることのない満面の笑みを浮かべている。

彼のそんな顔を見てしまったら、もう何も言えなくなる。

――私だって、あなたを離したくない。

問題はまだ残っているけれど、ようやく気持ちを伝えられた結城との時間を大切にしたい。

私は結城を引き寄せて自分から彼にキスをする。すると彼は嬉しそうに微笑み、私をぎゅーっと抱きしめてきた。

――うっ、苦しい……でも、幸せ……

私も彼の背中に腕を回し、抱きしめ返した。

そして私は、身も心も蕩《とろ》けるような甘い行為に翻弄《ほんろう》されつつ、昼過ぎまで何度も抱き合って過ごしたのだった。

結局土曜は一度抱き合った後眠ってしまい、気付いたら夕方になっていた。結局コンビニに行けないまま、私はシャワーを浴びて結城に借りた服に着替えた。

ホッとしてソファーに腰を下ろすと、私の隣に座った結城の手が私の肩を抱いてくる。

驚いて肩に置かれた手と、結城の顔をじっと見つめた。

「なっ、なに？」

「なにって、触りたいから触ってるだけ」

平然と答える結城。

――まあ、付き合うならこれくらいは普通かな？

そう思い直し、二人でソファーに座ってテレビを観ていた。

が、テレビを観ている最中も結城は私の髪を耳に掛けたり、こめかみにキスをしてきたりして、どうにもドキドキが止まらない。

「や、ちょっと！　テッ、テレビが全然頭に入ってこないんだけど！」

すると結城がしたり顔で、「そうか？」と言って今度はおでこにキスをしてきた。

「じゃあテレビはやめにするか」

囁《ささや》いた彼のもう片方の手が、私の服の裾から肌を伝い、胸の先端に触れる。

すっかり気を抜いていた私の肩が、ビクッと跳ねた。

「え、結城……また？」

「うん」

何か問題でも？　といった様子で、結城は私の胸を揉《も》んでくる。

「ちょ、ちょっと待った。だって、昨日の夜からずっとじゃない……」

必死に結城の手を止めつつ、窘《たしな》めるように彼を見上げた。

「お前が近くにいると、自制が効かないんだよ。本当に嫌だったら、逃げてもいいけど」

そう言って結城は、私の気持ちを確かめるみたいにじっと見つめる。

「そんな……」

彼に触れられるのが、嫌だなんてあるわけない。それでも、自分から言うのは恥ずかしかった。

視線を彷徨《さまよ》わせた私は、返事の代わりに彼の目を見つめる。

そんな私に、結城はフッと柔らかく笑った。

「じゃあ、やめない」

動きを止めていた彼の手が、再び私の胸元で動き始める。

「ふっ……ん……」

結城の愛撫に慣らされ敏感になった体は、ちょっとした刺激で反応してしまう。

私の反応に気を良くした結城は、服を胸の上までたくし上げ、露《あら》わになった胸の頂《いただき》を口に含んだ。

「あっ、や……はあ……」

ちゅっと強く吸いながら口の中で舐《な》め転がしたり、舌先でツンと触れたりを繰り返す。

──はぁ、気持ちいい……これだけでイッちゃいそう……

目をギュッと瞑《つむ》って快感に身をゆだねていると、結城が音を立てて乳首から口を離す。ホッとしたのも束の間、いきなり私の膝裏に手を滑り込ませた。

「ベッド行こうか」

「へっ⁉　……きゃあっ‼」

結城はひょいと私を抱き上げると、ベッドの端に座らせる。呆気にとられる私の前で、結城は着ていたシャツを勢いよく脱ぎ捨てた。

「ほら、お前も脱げよ。それとも脱がしてほしいのか？」

「……もう……」

強気な結城の言葉に、私はつい苦笑してしまう。

キスをしながら服を脱ぐ。そうして再び一糸《いっし》纏《まと》わぬ姿になった私達は、すぐに深く繋《つな》がった。

最初に触れられたときも思ったけど、私に触れる結城の手は凄く優しい。

壊れ物を扱うように優しく体を撫でられると、それだけで幸せな気持ちが込み上げてくる。

「あっ……結城……」

繋がったまま私達は何度もキスを繰り返した。その間も、結城の手は私の乳房を捏《こ》ねるように揉み続け、絶え間なく快感を与えてくる。

「ん、んっ……」

「瑠衣は、奥を突かれながら胸を弄《いじ》られるのが弱いんだな……」

結城が胸の先端を指で摘《つ》まんで、グッと腰を押し付けてきた。

その瞬間ビクッと背中が反《そ》り返る。

「や、ん、そんなことなっ……」

すぐに結城が腰の動きを速めてきた。

「あ、ああっ……だめ、そんなに強く突かれたら……」

「何度でもイッていいよ。……俺も、そんなにもたないかも……」

結城は激しく抽送《ちゅうそう》を繰り返しながら、私の体のいたるところにキスの雨を降らす。

ざらりと私の体を這《は》う舌の感触に身悶《みもだ》えし、奥の敏感なところを擦《こす》られてあられもない声を上げる。

そして何も考えられなくなり、絶頂がやってきた。

「ああっ……！」

私がビクビクと体を震わせると、結城も眉間に皺《しわ》を寄せ腰の動きを止める。

「んっ……！」

何度か腰を揺らした後、ぐったりと私に覆《おお》い被さってきた。

「瑠衣、やっと手に入れた……」

ハアハアと息を乱しながら、結城が掠《かす》れた声で呟《つぶや》く。その言葉に、私の胸が甘く疼《うず》いた。

――私も、もう結城から離れたくない。

けれど、思いを伝える前に、再び結城に唇を塞《ふさ》がれてしまい、結局言葉にすることはできなかった。この夜、私達は幾度となく抱き合い、心行くまで求め合うのだった。


翌日の朝、私は腰に力が入らずベッドから起き上がることができなかった。

そもそもの元凶である結城は、疲れた様子も見せず、むしろ調子がよさそうだ。

――なんでそんなに元気なのよ……！

日頃の運動不足が祟《たた》ったのかもしれないが、さすがにこれじゃ家まで帰るのも一苦労だ。

さすがに反省したらしく、何も言わず結城が車で送ってくれた。

マンションの前で車を停めてもらい、何か言わなくちゃ、と思うもなかなか言葉が出てこない。

結城もハンドルに腕を乗せたまま、ぼーっと前を見ている。

――でもいつまでもこのままってわけにもいかないしな……

思い切って結城の方を向き、「じゃあ」と言いかけたところで、結城の顔が迫ってきた。

「あ……」

視線を合わせながら私の唇にゆっくり触れた結城の唇。

軽いキスでお別れ、と思いきやどんどん激しくなり、真《ま》っ昼間《ぴるま》だというのに熱烈なキスになった。

「んんっ……」

助手席に押し付けられるようにして唇を塞がれ、彼の舌に激しく口腔《こうこう》を蹂躙《じゅうりん》される。彼にされるがままキスに応えていると、つっと唾液の糸を引いて唇が離れていった。

それを目にした瞬間、急激に恥ずかしさに襲われる。

「こっ……こんなところで……誰か来たら……」

「俺はもう誰に見られても構わない」

平然と言ってのける結城に真っ赤になり、私は俯《うつむ》いた。

——ちょっとちょっと！　なに真っ赤になってんだ私！　乙女かっ！

内心の動揺を押し隠し、ふらふらしながら車を降りた。それを見届けた結城は、笑顔でひらりと手を上げ車を出す。

私は小さく手を振り、結城の車を見送った。

ずっと側に居たからか、離れた途端に寂しくなってしまう。

恥ずかしくなって、慌ててマンションの中に入った。

しかし、自分の部屋に入った私の目に、壁に貼った【禁酒】の文字が入ってきて、たちまちふわふわした気持ちがしぼんでいく。

あの夜のことは、正直まだ引っかかっていた。

結城のことが好きなら、やっぱり、はっきりと相手が分かるまで、付き合うべきではないのかもしれない。だけど——

彼を想う気持ちを止められないのだ……！

自分に甘いのは分かっているけど、あの夜のことはもう考えない。

私は今までずっと迷っていたことに、そう答えを出したのだった。

六　会えない時間が愛を育てるらしい

ついに一線を越えてしまった結城との甘い週末が終わった。

いつもならウキウキで観ている日曜夜の時代劇タイムも、気が付けば結城のことばかり考えて上の空になっている。

――今まで、なんで結城を男として意識しなかったんだろう。告白されるまで相手の気持ちにすら気が付かないなんて、我ながら間抜け過ぎる……

私の体をなぞる骨ばった手の感触や、耳元で囁《ささや》く低い声が一向に頭から離れない。事あるごとに思い出しては、ぼけーっとしている自分に呆れてしまう。

――いけないいけない。こんな状態じゃ、明日からの仕事が手につかなくなっちゃうよ。

私は気持ちを落ち着かせるため、書道セットを取り出し、墨《すみ》をすり始める。

そうして書いた、今日の言葉。

【集中】

今は何よりも、この一言に尽きるな。うん。

翌日、また一週間が始まった。

今まで悩んでいた結城との関係に区切りがついたことで、私の気持ちはすっきり爽快。昨日の心配に反して仕事に対するやる気が漲《みなぎ》っていた。

そんな中、今日の私は総務の通常業務に就いている。

一年間ずっと関わってきた記念冊子は、無事全てのデータの入稿を終えた。印刷所から上がってきたデータチェックも完了し、これで印刷に入ると連絡もきた。

このまま順調にいけば、創立記念式典で来賓《らいひん》に冊子を配布するには余裕で間に合う。

なんだろう……最近の私、仕事も恋も絶好調みたい。

そのとき、机の内線が鳴る。私は素早く受話器を取り、はきはきと答える。

「はい。総務、水無です」

『坂崎です』

「っ！　お、お疲れ様です」

坂崎常務だ!!

一度としてかかってきたことがない役員からの内線に、私の体に緊張が走る。

『どうだね、冊子の方の進み具合は』

「はい、順調です。創立記念日には滞《とどこお》りなく揃う予定です」

『そうか、それを聞いて安心したよ。こちらの都合で急に部数を増やしてしまっただろう？　どうなったか気になっていてね。じゃあよろしく頼みます』

「は、い。かしこまりました……」

──あれ……部数を、増やした？

嫌な予感がした。

「あっ……!!」

そうだ、役員室で常務と冊子について話をしていたとき、常務が追加頼むって言って……追加……百部!!

私、部数の追加発注するの忘れてた!!

「ど、どうしよう……」

手に持っていたペンがカタカタと震える。

ここまで順調にこなしてきたのに……なんで一番大事なところでこんな初歩的なミスを犯すんだ、私!!

くらくらと眩暈《めまい》がしてきて、思わず顔を手で覆《おお》った。

──いや、今は呑気に落ち込んでいる場合じゃない、早く印刷所に連絡しなくちゃ。

私は急いで冊子をお願いしている印刷所に電話をし、印刷部数の追加を切り出した。だが、急ぎの仕事が集中しているため、今からの追加は、豪華な仕様がネックとなり納期には間に合わないと言われてしまった。

食い下がって、そこをなんとかと頼んでみるが、結局いい返事はもらえなかった。

電話を切って真っ青になっている私に、近くにいた間宮君が寄ってくる。

「水無さん？　どうかしました？」

のろのろと顔を上げると、こちらを心配そうに見ている間宮君。

「……どうしよう……常務に部数の追加頼まれてたの忘れてた……」

「ええっ！　本当ですか⁉　追加ってどれくらいですか？」

「百……」

「ひゃく‼」

普段冷静な間宮君も青くなって言葉を呑み込む。

間宮君の声に、部署内の視線が私達に集まった。

「印刷所に電話したら、追加分は今からだと納品日に間に合わないって言われたの……」

「それは……困りましたね……常務からの注文ってことは、常務の関係者に配るってことですよね？　そうなるときっと式典にも招待してる可能性が高いから、百部足りないとなると当日来賓《らいひん》に行き渡らない可能性が……」

間宮君が顎《あご》に手を当て、神妙な面持《おもも》ちで考え込む。私はがくっと肩を落として、両手で顔を覆《おお》った。

「せっかく冊子の内容を評価して発注してくれたのに……」

このままでは、常務から得た信頼を私のミスで失うことになってしまう。

「うーん、課長に相談したいですけど、今日は研修で夕方にならないと帰ってきませんし……」

眉を下げた間宮君が困ったように告げる。だけど、一刻の猶予《ゆうよ》もない以上、課長が帰ってくるのをただ待っているわけにはいかない。

「私、部長に相談してくる」

ガタン、と椅子が倒れそうな勢いで立ち上がり、私は部長のもとへ走った。

総務部の部長である鷺島《さぎしま》さんは、滅茶苦茶温厚な五十代半ばの男性だ。優しくて思慮深い部長を、こんな初歩的なミスで困らせてしまうのが申し訳なくなる。

本当に自分が情けない。

動揺を必死に抑え、私は部長にミスの詳細と現在の状況を説明し、謝罪する。

いつも温厚な鷺島部長も「うーん」と腕を組みながら渋い顔をした。

「私からも、もう一度印刷所に聞いてみるけど、話を聞く限りうんと言ってもらえるかどうか……最悪、別の印刷所に発注するしかないかもしれないな」

「ご迷惑をおかけして、本当に申し訳ありません。私は、ダメだった場合に備えて、別の印刷所に片《かた》っ端《ぱし》から当たってみます」

今はとにかく、できるだけのことをやらなきゃ。

私は部長に頭を下げると、急いで自分の席に戻り印刷所のリストアップを始めた。私が血相変えて作業を始めたのを見て、間宮君が、「何か手伝えることがあったら言ってください」と申し出てくれる。

「ありがとう間宮君。……でも、ミスしたのは私だから、できるところまでやってみるよ」

それから私は、リストアップした印刷会社に片っ端から電話をかけていった。だが、どこも今からでは難しいという返事ばかり。

最後の一社への電話を終え、いよいよ後がなくなってしまった。

――どうしたらいいの……

途方に暮れながら部長のもとへ行き、受けてくれそうな印刷所が見つからなかったことを伝えた。

部長はため息をつくと、眉間を手で押さえる。

「追加分を無しにはできないからな……仕方ない。先方に出向いて、頭下げて可能な限り早く仕上げてもらうよう頼むしかないな……内藤が帰ってきたら一緒に行って来い。常務には私が事情を説明してくるから」

私のミスが、鷺島部長や、内藤課長にまで迷惑をかけてしまうなんて。

「申し訳ありません……」

自分が不甲斐なくて涙が出そうになる。

もう一度部長に頭を下げて、重い足取りで自分の席に戻る。その途中、前方に見知った顔が現れた。

「水無？　どうした？」

そこにいたのは、ここにいるはずのない結城だった。

「ゆ、結城？」

結城の顔を見た瞬間、膝から力が抜けそうになってふらつく。

彼は私の様子を不審に思ったようで、眉根を寄せながら近寄ってきた。

「どうした、大丈夫かよ」

「結城、どうしてここに？」

「総務に用事があって来たんだけど、何かあったのか」

さりげなく私を支えて、結城が真摯に問いかけてくる。

「じ、実は……」

私は力なく結城に現状を説明した。すると、話を聞き終えた結城は考えるように黙り込み、「すぐ戻る」と言って総務部から出て行った。

結城に話しても心配させるだけなのに、つい甘えてしまった自分に自己嫌悪が増す。

はあ、内藤課長に連絡しなければ。

——せっかくこの間、褒《ほ》めてくれたのに台無しにしちゃった。

ため息をつき電話をかけようとしたら、出て行ったはずの結城が戻ってきた。

「あれ、結城……」

「水無、ちょっと」

結城に手を引かれるまま、鷺島部長のもとへ連れて行かれた。

「鷺島部長、営業企画部の結城です。水無に事情を聞きました。もしよければ、うちの部で懇意にしてる印刷所を水無に紹介してもよろしいですか？」

「えっ！」

驚いて、結城の顔を見上げる。

「なに、本当かい」

「はい。個人経営の印刷所ですが、わりと融通《ゆうずう》が利くんです。よく急な仕事をお願いしたり、我《わ》が儘《まま》を聞いてもらったりしているので、恐らく大丈夫かと。特殊紙の用意もありますし、クオリティも問題ないと思います」

結城の提案に部長が頷いた。

「よし。水無、すぐに連絡して。もし受けてもらえるようなら、直接出向いてお願いしてきなさい」

「はい！」

急いで席に戻り、結城から教えてもらった印刷所に連絡をした。丁寧に事情を説明すると、電話に出て下さった社長さんが「とりあえず話を聞かせてください」と言ってくれる。

その瞬間、安堵のあまり体から力が抜けた。

「あ……ありがとうございます……！　これからお伺《うかが》いさせていただきます！」

電話の後、部長に報告して急いで印刷所に行く支度をする。

「俺も行くよ」

すぐ横から声がした。見ると、結城が荷物を持って私を待っている。

どうやら、電話の様子から、改めて荷物を持って来てくれたようだ。だけどこれ以上、部署の違う結城の手を煩《わずら》わせるのは申し訳ない。

「悪いよ。私のミスだし、一人で大丈夫だよ」

「紹介したのは俺なんだから、一緒に行った方がいいだろ。社長とは何度も会って仕事してるし。ほら、早く行くぞ」

有無を言わさない口調でぴしゃりと言い放つと、結城が早足で歩き出した。

「は、はい！」

本当は、一緒に行ってくれるのが凄く嬉しい。

私は前を行く結城の後を慌てて追いかけた。


その印刷所は昔ながらの商店街から一本路地を入った住宅街にあった。

二階建ての一階部分が印刷所で、上は住居となっているらしい。印刷所の入り口には資材の入った段ボールが山積みになっていた。

古い建物の引き戸を開け、結城が近くにいた男性に名乗る。

「ああ！　いつもどーも」

そう言って、男性が微笑んだ。そしてすぐに社長さんを呼んできてくれる。

社長さんは鷺島部長と同年代くらいの、笑顔が素敵な男性だった。緊張する私に向かって、にこりと微笑んでくれる。

そのまま私達は応接スペースに通された。

簡単な挨拶と名刺交換の後、私は社長さんに持参した出力見本を渡して、事情を説明する。

会社を出る前に詳細をメールで送っていたが、改めて頭を下げた。

「こんなギリギリのお願いで、本当に申し訳ありません。無理は承知の上ですが、ぜひお願いできないでしょうか……！」

私は、神妙な顔つきで出力見本を見ている社長さんの言葉を待つ。

見本から顔を上げた社長さんは、私の顔を見てフッと表情を緩《ゆる》めた。

「そんなに恐縮しないでくださいよ。さっき送ってもらったデータを見てみましたけど、まあなんとかなると思います。結城さんとこには、いつもお世話になってるんでね。間に合わせましょう」

呆然とする私に、社長さんが力強く頷いてくれる。

「あ……ありがとうございますっ。どうぞよろしくお願いいたします！」

本当に本当に、感謝の気持ちしかない。私は何度も何度も社長さんに頭を下げた。

「社長、ありがとうございます。これからも、どうぞよろしくお願いします」

横にいた結城も、そう言って頭を下げてくれる。

嬉しいやら、ほっとするやら、申し訳ないやらで、ちょっと泣きそうになってしまった。けど、泣いている場合じゃないと、歯を食いしばって涙を堪《こら》えた。

印刷所を出てすぐ、部長に無事受けてもらえたことを報告する。そうしたら、部長はほっとしたような声で労《ねぎら》ってくれた。

電話を切った瞬間どっと疲れが押し寄せてきて、その場に座り込みそうになる。けど、気力を振り絞って結城に頭を下げた。

「結城……本当にありがとう……すごく、すごーく助かった！」

そんな私を見て、結城がブッと噴き出した。

「お前……顔、顔がめっちゃ疲れてんぞ。面白すぎるからやめろ」

「ひどっ！　だってしょうがないじゃない。私のミスでこんな、結城にまで迷惑かけちゃって……」

私の顔をちらりと見た結城は、近くにあった自動販売機までスタスタと歩いていった。私は落ち込みつつ、彼の後をついていく。

結城はポケットから財布を取り出し缶コーヒーを買うと、「ホイ」と言って私に手渡した。

「誰にだってミスはあるだろ。それに……ここ最近、お前をいろいろ惑わせた俺にも責任があると思ってさ」

「……そんなの関係ないよ」

「ならいいけど」

自分の分のコーヒーも買い、それに口をつけながら微笑む。

私は手の中のコーヒーをじっと見つめる。

──私の好きなミルク入りのコーヒー……

結城のさりげない優しさに、胸がジワリと熱くなった。

「コーヒーありがとう……」

「武士の情けってやつだ」

「……かたじけない」

私の返しにクスッと笑うと、コーヒーを飲み干した結城がゴミ箱に空き缶を捨てた。そして私の頭を、くしゃっと一撫でする。

「よし、帰るぞ」

「……うん」

撫でられた頭に手を当てながら、前を歩く結城の背中をぼんやり見つめる。

元気出せ、って言ってるみたいな触り方だった。

――もう、なんでこの人こんなに優しいんだろう。

この前まで意識してなかったのが嘘みたいに、胸が高鳴っている。

そんな自分の気持ちの変化に戸惑うけれど、たぶん恋ってそういうものだよね？

好きだと自覚したのはついこの間なのに、私、結城のこと大好きになってる……

今日一日で、もっともっと好きになってしまった。

あの夜のことを気にして、返事を保留にしてた時間がもったいない。だって、この気持ちはもう止められないから。

結城にもらった缶コーヒーをぎゅっと握りしめて、駆け出した。手を伸ばし、彼の指に自分の指を絡《から》める。

「え？」

結城が驚いた顔で私を振り返った。

「あっ……ごめん、つい。出先とはいえ仕事中だもんね、控えます……」

私が手を引っ込めようとしたら、その手を逆に掴《つか》まれる。

「いい。このままで」

そう言いながら、結城が再び指を絡めてギュッと握った。

自分からやっておきながら、じわじわと恥ずかしくなる。赤くなって俯《うつむ》く私の顔を、結城が覗《のぞ》き込んできた。

「そんな可愛い顔してると、このままどこかに連れ込んでいじめるぞ」

「……なっ⁉」

赤い顔が、ますます赤くなってしまう。

結局、火照《ほて》った顔を冷ますのに結構な時間がかかってしまい、私は会社が近づくにつれ本気で焦ったのだった。

その後、研修から戻った内藤課長に事の顛末《てんまつ》を報告して謝罪した。

さすがに確認の甘さを叱咤《しった》される。けど、結城のおかげで代わりの印刷所が見つかったことは、課長も「結城に感謝だな」と言ってくれた。

――そうなんです、私の好きな人には感謝してもしきれないんです……

まったくその通りなので、課長の言葉に私は何度も頷くのだった。


それから数日後の昼休み。

私は若菜を誘って会社近くのベーカリーショップに来た。今日のランチはクロワッサンのサンドイッチ。私の大好きなクロワッサンに、ハムやピクルスが挟んである。

どう考えても美味《おい》しいでしょ、これ！　とメニューを見た瞬間に即決した。

「冊子、大変だったねえ～。私、あの日は午後休取って歯医者行ってたから、後から知ってびっくりしたわ。そつなく仕事するあんたでも、こんな失敗することあるのね」

一緒に注文したアイスコーヒーをストローで飲みながら、若菜が苦笑する。

「そりゃ失敗することはあるけど、あそこまで間抜けで大きなミスは初めてだよ。自分でもびっくりした」

本当に間抜け過ぎて、我ながらしばらく自己嫌悪に陥《おちい》ったよ……

そのときのことを思い出して、がくーんと肩を落とした。

「でも結城が助けてくれたんでしょ？　あいつやるじゃん、見直しちゃったよ。そんで、結局その冊子はどうなったの？　順調？」

「うん。なんとか納期には揃いそう。ほんともう、結城には頭が上がらないよ」

「ふふ。でもさ、結城とのことで最近心ここにあらずみたいな状態だったから、ヘマしたってことでしょ？　なら結城にも責任はあるじゃない」

若菜がコーヒーを飲みながら、上目遣いで私の反応を窺《うかが》っている。

「……バレバレだった？」

「まあね。だってあんた、気付けばぼんやりため息ついちゃってさ。そんなのここ数年なかったし、ああこれは絶対結城のこと考えてるなって思ってたんだ。で、付き合うことにしたの？」

よく見てるな、と若菜の観察眼に感心する。同時に、今から彼女に話そうとしていたことを、ズバリ言い当てられてしまい、ちょっと焦った。

「う、うん。実は……そうなの。……報告が遅くなってごめん」

すると若菜の顔がぱあーっと輝いた。

「へええ～やっと決心したんだあ。っていうか、まだ付き合ってなかったことの方がびっくりだよ。

でもよかったじゃない！　今の瑠衣、凄く幸せそうに見えるよ」

「ありがとう。でもね、付き合うことはＯＫしたんだけど、実のところ、結城にまだちゃんと自分の気持ち伝えてないんだよね……」

気まずくて若菜から目を逸《そ》らす。すると案の定、彼女は、「ハア？」と、呆れた声を上げた。

「なんで⁉　早く伝えればいいじゃない、結城すっごく喜ぶと思うよ？」

身を乗り出した若菜にそう熱弁されて、私はそうだよね、と小さな声で繰り返す。

結構引っ張っちゃったし、言わなくても気持ちがバレバレだったこともあって、つい言い損ねちゃったんだけど……

やっぱり、結城にはちゃんと自分の気持ちを伝えたい。

ずっと思っていてくれてありがとう、私も大好きです。って。

素直に伝えたら結城はどんなリアクションするかな。そのことを考えるだけで、胸が苦しくなってくる。

「……うん、決めた。私、今の自分の気持ちを正直に結城に伝えるよ」

私が頷くと、それを見ていた若菜がにっこり微笑んだ。

「よし！　頑張れ‼　っていうかもう両想いなんだもんね……ごちそうさまって感じ？」

そっか、とついつい緩《ゆる》んでしまう頬を押さえながら、若菜との楽しいトークは続いた。

しかし――

私の決意とは裏腹に、それから結城とはことごとく予定が合わなくなる。まさに、完全なすれ違いの日々が始まった。

若菜とランチをした後、私は決意も新たに結城を呼び出し週末の予定を聞き出した。すると、「あ〜」と結城が天を仰ぐ。

「わりい。今週末はちょっと予定が入ってて、会えないんだ」

「あ、そ、そうなんだ……」

「ごめんな。また連絡するから」

凄く申し訳なさそうに言われてしまうと、無理に時間を作ってとは言えない。

「うん、分かった」

笑顔で頷く私に、結城はほっとしたように笑って自分の部署に戻って行った。

――仕方がない。週末は久しぶりに、時代劇を観ながら料理をして過ごすか。

でもやっぱり、結城と一緒の休日を過ごしたかったな……

そんなこんなで週が明け、新しい一週間が始まる。

今週こそ、絶対結城に気持ちを伝えなければ……！

そして気持ちがスッキリしたところで、彼と楽しい週末を過ごせたらいいな〜なんて、頭の中でいろいろ妄想して一人ニヤニヤする。

――はっ、ダメダメ！　気が早いから！　こんな緩《ゆる》んだ顔で仕事してたら、また課長に何か言われちゃう。

決意をそっと胸に秘め、机に向かった。

仕事をしながら、この前みたいに、今日の休憩時間に結城を呼び出そうと考え、ふと思い留まる。

せっかくだから、SNSを使ってみようかな。

これなら、気が向いたときに、手軽にやりとりができるし、忙しい結城にはいいかも。

そう思って、休み時間に早速、今週末の予定はどうですか、とメッセージを送った。

しかし、何度スマホをチェックしても、一向に読んだ形跡がない。

――もしかして結城、携帯チェックしないのかな？

なんとなくモヤモヤしつつ、私はスマホをチェックし続けた。

結局、結城からのメッセージは、仕事を終え自宅に戻ってから送られてきた。

【ごめん、今週末も用事があって無理そう。また連絡する】

「……」

なんだ、今週末も会えないのか……

文面を見て、あからさまに落胆してしまう。

思わず、今日一日ずっと持ち歩いていたスマホを、テーブルの上に放った。

ふーっと、ため息をつき、ソファーで膝を抱える。

結城って、会えばあんなに甘いセリフを言ったりするのに、電話はほとんどかけてこない。

メールだって、旅行やデートの前の日にくれたのと、他に数回だけ。しかも内容は、業務連絡みたいな短いやつだ。

仕事、忙しいのかな……それとも、何か別に会えない理由がある、とか？

「ほんとに私達、付き合い始めたのかな……」

結城君。用事ってなんですか。

ちゃんと教えてくれないと、気になって夜も眠れないよ。

大好きな時代劇がまったく頭に入ってこないくらい、私はそのことを考えてぼんやりしていた。

結城の笑顔や温もりが夢だったのではないかと、心に不安が生まれる。

「こんなことになるんだったら、もっと早く好きだって言えばよかったのかな……」

ぼそっと呟《つぶや》きながら、私はどこか上の空でテレビ画面を見つめていた。


「ねえ、あんたの纏《まと》ってる、そのどす黒いオーラはなんなの？」

結城と会えなくなって二週間ほど経った昼休み、デスクでぼーっと自作の弁当をつついている私に、若菜が盛大なため息をついた。

ここ最近カフェに行く気力も無く、毎日冷凍保存してある食材を弁当箱に詰め込んできている。

若菜はそんな私に付き合ってくれていた。

「え……？　どす……？　どすえ……？」

「違うわよ。あんたの周りの空気が重苦しいって言ってるの。どうしたのよ……この間までは、『結城が好き♡』って、恋する乙女みたいな空気撒き散らしてたのに。今は昔に戻ったどころか、酷《ひど》くなってるじゃない。結城となんかあった？」

私を心配するように眉根を寄せた若菜が、身を乗り出してくる。

うう、若菜優しい。

「それが……最近まったく結城と会えてないの。なんか見事にすれ違っちゃってさ……」

若菜に弱音を漏《も》らし、がくんと項垂《うなだ》れる。すると、彼女は「すれ違いだあ？」と言って片方の眉を上げた。

「だったら、別に週末じゃなくても、仕事帰りに会えばいいじゃない」

何を悩む必要があるんだとばかりに若菜が言う。

ですよね～。私だって、そう思って聞いてみましたよ……

「仕事終わってからでもいいから会えないかって聞いたら、忙しくて残業続きだから無理って言われた……」

「ええ～……それ、マジで？」

ぼそぼそ伝えると、若菜がはっきりと眉を寄せた。

そうなのだ。結局私は、あれから一度も結城と会えないでいる。

最初はまあ仕事が忙しいなら仕方ないか、と思っていた。けど、さすがにここまで会えないと、何か意図的なものを感じてしまう。むしろ今の私は、悪いことしか思い浮かばない。

「もしかしたらさ、私何かとんでもないことやらかして、幻滅されたんじゃないかな？」

悪い方に考える私に、若菜が首を傾《かし》げる。

「ええ～～？　幻滅するような何かって何よ……」

「それは分からないけど……。でも、ここまで会ってくれないっておかしくない!?　付き合い出したばっかりなのに、告白もしないまま捨てられたら、私もう立ち直れないよ〜〜!!」

思い余ってデスクに突っ伏す。でも、若菜は冷静だった。

「それはないでしょう。結城、この二、三年間ずっと瑠衣のこと好きだったはずだよ。そんなやつが、簡単に心変わりするとは思えない」

「……じゃあほんとに、今は忙しくて会えないだけなのかな? あー、もう、なんでこのタイミングなのよ……私のこの、熱く滾《たぎ》る想いは、一体どこにぶつけたらいいわけ!? 熱くなり過ぎて蒸発しちゃいそうだよ……」

私はがばっと起き上がって、若菜に向かって両手を広げ、『この想い』をアピールした。

そんな私を、若菜は生温かい目で見つめる。

「蒸発しない程度にぬるく保っておけば?」

「やり方分かんないんですけど……」

「ぬるくって何? お湯?」

そのとき、突然後ろから低い美声が聞こえて、ギョッとして振り返った。

そこにいたのは、ちょうどお昼から戻ってきた内藤課長。

私達の会話を途中から聞いたようで、「風呂か何かの話?」と首を傾《かし》げている。

課長、いい具合に勘違いしてくれたみたい。

全部聞かれてなくてよかったあ〜と、若菜と一緒に胸を撫で下ろした。

「いやまあ、そんなとこですけどね。最近水無さんが元気ないので慰《なぐさ》めてたんです」

若菜が上手《うま》く話を逸《そ》らすと、課長がじっと私の顔を窺《うかが》う。

「水無が？　そうなのか？」

「いえ、大丈夫です、気にしないでください」

こんな個人的なことで、課長に心配をかけるわけにはいかない。私は首をぶんぶんと左右に振り、ニッコリ笑ってなんでもないことをアピールした。

だが、課長の私を見る目はどこか訝《いぶか》し気だ。

これはきっと、嘘だって見抜かれてるんだろうな……

「ふーん。じゃあ今日は金曜だし、気晴らしに飲みに行くか？　奢《おご》ってやるよ」

「「えっ!!　本当ですか？」」

私と若菜の声がキレイにハモる。

なんでもないと言いつつ、「奢ってやる」の一言についつい反応してしまう現金な私達。

「あ。……でも……」

ふと頭にあの夜のことが思い浮かび、私は躊躇《ちゅうちょ》してしまう。

そういえば、あの日もこんなふうに急に飲み会が決まったんだっけ。これでまたやらかしたら、本気で洒落《しゃれ》にならないよ。

――どうしよう……。でも、一人でいたら、ずっと結城のことばっかり考えて悶々《もんもん》としちゃうんだろうな……。だったら、皆と一緒にぱーっと騒いで、すっきりする方がいいんじゃない？

「瑠衣、禁酒してるからって、遠慮とかしてるんじゃな～い？」

若菜がニヤニヤしながら真顔の私を窺《うかが》ってくる。その横で、課長が驚いたように私を見下ろしてきた。

「え。水無禁酒してんの？　じゃあ食事だけでもいいぞ？」

「……そ、そうですか……？」

うん、お酒は飲まなくてもみんなとワイワイやる分には問題ないよね。

課長と一緒に飲みに行くなんて言ったら、また結城に怒られるかもしれないけど……会ってくれない結城がいけないんだ！

――結城のバカ。もう知らない!!

「課長！　私、行きます！」

おかしな方向にテンションが上がり始めた私を見て、若菜がやれやれと肩を竦《すく》める。

「はーい。私も行きま～す」

「よし、じゃ水無。店予約しとけよ。他に呼びたい奴がいたら呼んでいいからな」

爽《さわ》やかな笑みを浮かべて、課長は自分の席へ戻っていった。

課長、なんて太っ腹なの。さすがこの部署で、アニキと呼ばれて慕われてるだけのことはあるよ。

――ほんと、未だに独身なのが謎だわ。

心から課長に感謝しつつ、私は半ばヤケクソ気味にスマホで居酒屋探しを始めたのだった。


そしてその夜。

会社の最寄り駅付近にある居酒屋で飲み会が始まった。

割と安価で食べ物も旨《うま》いと評判の居酒屋は、金曜の夜とあって仕事帰りのサラリーマンやＯＬで賑《にぎ》わっている。ほぼ満席の店内を見て、私は予約しておいてよかったと胸を撫で下ろした。

あの後、たまたま予定のなかった間宮君も誘い、気付けばこの前の飲み会とほぼ同じメンツになっている。

野暮用を済ませてから来るという内藤課長を待たず、席に着いてすぐドリンクを注文した。

二人がビールやサワーを頼む中、ソフトドリンクを注文する私に、若菜がストップをかける。

「ねえ、せっかくなんだし、瑠衣も飲んだら？」

「えっ……でも」

「飲み過ぎなければ大丈夫よ。今日は私も止めてあげるし」

いかんな～と思いつつ、その言葉についつい負けてしまう。

「じゃ、じゃあ……ちょっとだけ」

そうして運ばれてきた生ビールとサワーで私達は軽く乾杯をした。

課長に、お先にごめんなさいと謝りながら、ビールをゴクゴク喉《のど》に流し込む。

「ぷは――!!　やっぱ仕事の後のビールは最高！」

「いい飲みっぷりね……ヤケになりたい気持ちも分かるけど、ほどほどにするのよ」

「はーい」

まるでお母さんみたいな若菜の忠告に、私は素直に頷いた。

「そういえば、今日は結城さん呼ばなかったんですか？」

そのとき、ビールを美味《おい》しそうに味わっていた間宮君が、何気なく私と若菜に問いかける。

私と結城のことを知らない彼に、悪気がないのはわかっている。だけど結城の名を出されると、どうしても私の顔はどんよりと曇ってしまった。

「結城は忙しいみたい、よ」

語尾に強めのアクセントをつけて言うと、間宮君が首を傾《かし》げる。

私だって、別に会えないことを怒っているわけじゃないのだ。それぞれの生活があるのだし、理由があって会えないなら、それは仕方ないって思う。

だけど、結城は一方的に会えないと言うだけで、その理由を言ってくれないのだ。

こんなに好きにさせておきながら、そりゃないよ結城……

彼のことを考えているうちに、どんどん切なくなってきて、二人にバレないようそっとため息をつく。

そんな心の内を隠しつつ若菜と間宮君と話をしていたら、遅れていた課長がやって来た。

「お待たせ」

そう言って、課長は空いていた私の隣の席に座る。

「誘ったくせに遅くなっちまって申し訳ない。ん？　なんだ、まだ食うもの頼んでなかったのか？」

ドリンクしか載っていないテーブルを見て苦笑した課長はすぐに自分のビールと、適当に料理を注文し始める。

——ムードメーカーの課長がいると一気に場が華やぐなあ……

こういうとき、結城はどちらかというと場を盛り上げるというより、皆の会話をじっくり聞いているタイプだな、なんてぼんやり思った。

なんでここに結城がいないんだろう。

そう思って、なんだかちょっと寂しくなってしまう。

つい気持ちが落ち込みかけたところで、いけないと我に返った。せっかく課長が誘ってくれたんだもの、今日は暗くなるようなことは考えず楽しまなきゃ。

私は軽く首を振って、頭から結城のことを追い出した。

ビールを飲みながら、この店の売りである焼き鳥を始めとした料理に舌鼓《したつづみ》を打つ。久しぶりの飲み会を満喫していたら、ほどよく酒が回ってきた課長が、私を見て何故かニヤニヤし始めた。

そんな課長の様子に私は首を傾げる。

「あのう、課長。人の顔を見て、なに笑ってるんですか？」

そう聞くと、課長がハッとして口元を掌《てのひら》で覆《おお》った。

「あー、申し訳ない。お前見てるとつい思い出しちゃって……」

ん……思い出す？

「何をです？」

「前回の飲み会のとき、お前カラオケで同じ歌を何度も熱唱してたろ？　そのときの涙流して熱唱してる姿が、いつものお前と凄くギャップがあってさー。あれから、お前の顔を見る度に、それ思い出しちゃってな」

と言いつつ、また「ふはは！」と笑っている。

「そ、そうだったんですね……」

最近、やたら課長と目が合っては逸《そ》らされることが多いと思ってたんだけど、そういう理由だったのか……

気になってた謎が解けて、私はなんとも言えない気持ちで天を仰いだ。

――ええいこの際だ。ついでに、あの日のことをはっきりさせてしまえ。

「あの、課長。その飲み会のときですけど、課長って最後までいました？」

私は隣に座る課長に向き直り、神妙な顔で尋ねる。

課長は記憶を探るように眉根を寄せた後、すぐに答えてくれた。

「いや……次の日、土曜出勤だったから、結城と間宮にお前任せて先に帰ったよ」

――おおおおお!!　課長じゃない、課長じゃな――――い!!

私は内心で、盛大に胸を撫で下ろす。

「そうでしたかー！」

「もしかして、なんかあった？」

課長が尋ねてくるけど、私は「いえ！　何も!!」と満面の笑みで誤魔化した。

――よかった、課長じゃなかったんだ……！　となると、残るは間宮君……

私は口をきゅっと結び、今度は間宮君の方をちらと窺《うかが》う。

「瑠衣、あんたまだこの前の飲み会のこと気にしてんの？」

課長との会話が聞こえたのか、私の正面に座る若菜が身を乗り出してくる。

結局、あの夜のことは若菜にも言えず仕舞いなわけで……。これ以上疑われるのは困る。

「いや、そうじゃなくて……課長が前の飲み会のこと思い出して、笑ってるからさぁ。私、カラオケでそんなにおかしかった？」

若菜は斜め上に視線を送り、うーんと首を傾《かし》げた。

「あんたの熱唱する姿なんて見慣れてるから、私はなんとも思わなかったけどねぇ。だけど、確かに面白かったわよ」

そう言って、グサリととどめを刺す。

「まだ気にしてたんですか？　あの夜のこと」

すると、斜め向かいから間宮君が声をかけてきた。

あの夜、一緒に夜を過ごした相手が間宮君かもしれないと思うと、ちょっと緊張する。

「聞いてよ間宮君。瑠衣ったらさぁー、前回の飲み会での醜態《しゅうたい》ずっと気にして落ち込んでんの。もー、なんか言ってやってよ」

「わ、若菜!!」

これは親友の善意だと分かっている。だけど、今すぐ若菜の口を塞《ふさ》ぎたい衝動に駆られた。

「別に落ち込むようなこと何も無かったですよ？」

慌てる私とは裏腹に、間宮君がさらりと言う。

「いやでも、間宮君の服汚したりしたのは事実な訳だし……」

――他にも、もしかしたら……

「実は僕、趣味が洗濯なんです。だからあの日、すぐ家に帰ってお気に入りの洗剤で洗ったら、気持ちいいくらい綺麗に落ちましたよ！」

だから気にしないでください、と笑顔で間宮君が言った。

……ん？

今、聞き捨てならないワードが含まれていなかったか？

「すぐ、家に帰って……？」

私はじっと間宮君を凝視して、確認する。

「はい。水無さん寝てたんで、帰りは結城さんに任せちゃったんですけど」

すみません、と言って間宮君が申し訳なさそうに頭を下げた。

その瞬間、体の中を電気のように衝撃が走る。

「～～～～っ!!」

明らかになった事実に、言葉も出ない。

「へえ、その洗剤なんて言うの？」

若菜がツナサラダをシャクシャク食べながら間宮君に尋ねる。

「ホームセンターで扱ってるやつで、結構強力な洗剤なんですよ。シャツに付いたファンデーションも、口紅もあっという間に落ちましたから」

「それ、ほんと？」

「すげえなー間宮！　俺のシャツも洗濯もしてくれよ」

盛り上がる三人の会話など、まるで頭に入ってこない。

――結城だ。結城だったんだ。あの夜、私と一緒にいたのは……

その事実に、頭の中が真っ白になる。

「……瑠衣？　どうしたの、顔色悪いよ」

黙り込んでいる私に気が付いた若菜が、心配そうに顔を覗《のぞ》き込んできた。

「だ、大丈夫……」

若菜の視線に気付いた私は、引きつりつつもなんとか笑顔を作り、彼女に向かって軽く手を上げた。

じゃあ何……私、すでにあの夜、結城とエッチしちゃってたってこと？

それなら、なんで結城は私にそのことを言わなかったわけ？

話す機会なんて、いくらでもあったはずなのに……

考えれば考えるほどどんどん悪い方にいってしまう。私は思わず残っていたビールを一気に飲み干した。

「はあっ……すみません、ビール一つ追加で！」

ちょうど近くを通りかかった店員さんにすかさず追加注文する。

「ちょっとお、大丈夫？　飲み過ぎないでよ」

若菜が心配してくれるけど、今の私はそれに答えることもできない。

それぐらい、頭の中がぐちゃぐちゃになっていた。

——もう、何がなんだか分からないよ。

無意識のうちに、涙が溢《あふ》れてくる。

内藤課長がそれに気付き、ぎょっとした顔で私を覗《のぞ》き込んできた。

「ちょっ……！　どうした水無。お前、なんか悩みでもあるのか？」

「な、悩み……これ悩みなのかな……」

空のビールジョッキを握りしめたまま、私は震える声でぽつりと零《こぼ》す。

いつになく情緒不安定な私に、三人は一様に神妙な面持《おもも》ちだ。

せっかくの飲み会なのに申し訳ないと思いながらも、零《こぼ》れそうになる涙を止められない。

いっそのこと、全てこの場でぶちまけてしまいたかった。誰でもいいから、結城が一体何を考えているのか、私に教えてほしい。

胸の奥をぎゅっと掴《つか》まれたように、呼吸が苦しくなってきた。

好きだから、彼を信じたい。なのに、結城の何を信じればいいのか分からなくなってしまい、不安でいっぱいになる。

ふと顔を見上げると、お酒も飲まずじっとこちらを窺《うかが》う三人がいた。

そんな三人に、少し冷静な気持ちが戻ってくる。今は心配そうに私を見ている皆を安心させなければ。

「あの……最近いろいろ考えなきゃいけないことが多くてですね……ちょっと疲れちゃったのかも

しれません……」

「そうか。まあ水無くらいの年だと、これから先のことを考え始める時期だろうしなあ。でもまあ、あんまり思い詰めるなよ」

ほっとしたような課長が、気遣うみたいに私の肩をポンポンと叩く。

「課長、優しいですね」

「おうよ。俺は優しい男だよ」

課長がそう言って優しく笑いかけてくれて、なんだか気持ちと一緒にちょっと頬が緩《ゆる》んだ。

目の前の若菜を見ると、なにやらスマホを操作している。きっと、彼氏の真太郎君から何か連絡があったんだろう。

いいな……きっと真太郎君は、若菜を不安にさせたりしないんだろうな。

そう思ったら、浮上しかけた気持ちが再び落ち込んでしまう。

「優しい彼氏がいる若菜が羨《うらや》ましいよ……」

ふと口をついて出てきた心の声に、隣の課長が素早く反応した。

「なに？　やっぱり悩み事って男か！」

「えっ⁉　水無さん彼氏できたんですか⁉」

向かいで間宮君まで身を乗り出してきた。

「い、や、その……男っていうか、なんていうか……」

二人の勢いに気圧《けお》され、言葉に詰まってしまう。

すると、一人で何か納得した様子の課長が、何度か頷いて私に提案してきた。

「そんなに悩むくらいだったら、いっそ別れて新しい男を探すっていうのもひとつの手だぞ」

「そんな！　別れるなんて……」

それに、まだ付き合って日が浅いうえに、私なんて相手に自分の気持ちすら伝えられていない状態なんですけど……

「水無最近可愛くなったし、今だったら断る奴なんてそういないと思うけどな」

急に課長の口から可愛いなんて言葉が出てきて、さすがにびっくりした。

「か、課長？　なんですか急に……そんなお世辞なんて言わなくてもいいですよ」

からかわれているのかと思いきや、課長の表情は至って真面目だ。

「いや、本当。だから自信持てよ」

真顔でそんなことを言われて、どんな顔をしていいのか分からない。

すると向かいの間宮君も、この話題に乗ってきた。

「あー、それ、なんか分かります。水無さんここ数年ちょっと落ち着き過ぎってくらい落ち着いてましたけど、最近感じが柔らかくなったなって思ってたんですよ。口調も優しくなりましたよね」

ウンウン頷きながら間宮君が私に視線を送る。

——そうなのかな？　自分ではまったく自覚なかったんだけど。

でもそれって、たぶん結城のおかげなんだと思う。

結城が私のことを好きだと言ってくれて、ああ、こんなふうに私のことを見ていてくれた人が近くにいたんだって分かって、すごく嬉しかった。

彼に好意を向けられて、久しぶりに自分は女だったんだって気付かされたんだよね……

私が変わったというなら、それは全て結城のおかげなの。

だから、どうして最近会ってくれないのか、なんであの夜のことを黙っていたのか……結城が思っていることをちゃんと聞きたい。

もし幻滅されたのであれば、また好きになってもらえるよう、努力するよ。

これからも結城と一緒にいたいから。

そんなことを考えていたら、思わずほろりと涙が零《こぼ》れた。

それにいち早く気付いたのは、若菜だった。

「る、瑠衣!!　どうしたの？」

言うや否や、若菜がバッグからハンカチとティッシュを取り出し、素早く差し出してくれた。ここでハンカチだけじゃなくティッシュも渡してくれる若菜は、やっぱり「できる女」だ。

「若菜～。なんか、悲しくなってきちゃったよ……」

ハンカチで目を押さえた途端、ますます涙が溢《あふ》れてくる。

「なんだよおい、水無、また泣いてるのか!?　お前、ほんとどうしたんだよ。ほら、泣くなって」

泣き出した私に驚いた課長が、私の肩を抱いてポンポンと優しく叩いてくれる。斜め前に座る間宮君も心配そうに眉を下げていた。

ああ、せっかく誘ってもらった席で泣いちゃうなんて……皆に申し訳ない。

「す、すびばせん……若菜、ティッシュもらう」

後から後から溢《あふ》れる涙と鼻水で私の顔はもうぐちゃぐちゃだ。だけど今は化粧のこととか考える余裕もない。

「水無、何か辛いことがあるなら、溜め込むなよ？　吐いちまった方が楽になるんだからな？」

「そうですよ、水無さん！　悩みがあるなら相談してください。自分にもできることがあるかもしれませんし」

課長と間宮君が揃って嬉しいことを言ってくれる。彼らの厚意は凄くありがたい。

泣きながら笑って、二人にお礼を言う。

「ありがとうございます……大丈夫です」

皆優しいな。そんなふうに言ってもらえて本当に私は幸せ者だ。

だけど今、私が話を聞いてほしいのは結城なのだ。

いつも近くにいてくれて、私が困ったときに手を差し伸べてくれて、私のことを好きだと言ってくれた、結城陽人ただ一人。

なのに、嫌われたりしたらどうしよう。不安で涙が止まらない。

私、どうしたらいいの。

「せっかくの可愛い顔が台無しだぞ。俺でよければ、いつでも相談にのるから……」

「それ、俺がやるんで大丈夫です」

突然、ここにいるはずのない人の声がして、ビクッと背筋が伸びる。

それと同時に、私の肩にのっていた課長の手が消えた。

振り返ると私の後ろに立っていたのはずっと会えなかった結城。走ってきたのか、彼は激しく肩を上下に揺らし息が上がっている。

「はい、王子様の登場～」

目の前の若菜がニヤニヤしながらとんでもないことを言い、私は泣いていたのも忘れて席から飛び上がりそうになった。

「わ、若菜!!　えっ、えっ??　なんで結城が……だって仕事忙しいって……」

「……取りあえず全部後回しにして、ダッシュしてきた……」

ハアハア息を切らして、結城が答える。

「お？　これはもしかして……」

課長が私と結城の顔を交互に見やり、状況を察したようだ。

ははーん、なるほどね、と言ってニヤニヤ笑っている。ただ一人、間宮君だけはキョトンとしていた。

私達の視線を一身に集めている結城が、おもむろに私の腕を掴《つか》む。そして、グイと自分の方に引き寄せた。

「すみません、内藤さん。こいつ連れていきます」

「えっ」

ぎょっとして見上げると、彼の目はじっと内藤課長へ向けられていた。

「あー、いいよいいよ。水無、結城にたっぷり甘やかしてもらうんだぞ」

課長は早く行けとでも言うように、手でシッシッと私達を追いやる。若菜はと言えば、目の前のから揚げを食べながら手を振っていた。

ただ一人、呆然と私達を見ていた間宮君が、やっと状況を理解したらしく驚いた声を上げる。

「えっ⁉　結城さんと水無さんって、そうなんですか⁉」

混乱している私は、何から話していいのか分からない。

結城を見てポカーンとしていたら、彼に強く手を引かれて店の外に連れ出された。

店を出てからも、結城は私の腕を掴《つか》んだまま、無言で前を歩いていく。

金曜の夜、周囲には帰宅途中のサラリーマンやＯＬがたくさんいる。そんな中、男の人に腕を掴まれて街の中を闊歩《かっぽ》している姿は明らかに浮いていた。

それに彼の背中からはなんだか怒りのオーラが出ていて、私は彼が何故怒っているのかさっぱり分からない。

「ねえ、結城！　ちょっと待って。急にどうしたのよ？　今日も仕事だって言ってたのに……」

前を行く背中に問いかける。

すると結城は、人気《ひとけ》の少ない路地に差しかかった辺りでぴたりと足を止めた。そして、スーツのポケットからスマホを取り出し、私の目の前にズイッと差し出す。

「湯浅から連絡があったんだよ」

見れば、それはメールの受信画面だった。

【あんたのお姫様、内藤課長に取られちゃうぞ♡　場所はここだよ↓】

メールを読んだ瞬間絶句する。

「若菜……」

いつの間にメールしたんだろう。ご丁寧に店の地図まで付けて……

スマホを握ったまま固まっていると、頭上から不機嫌な結城の声が降ってきた。

「お前、何やってんだよ！」

「えっ？」

弾かれたように顔を上げたら、私を責めるみたいに睨《にら》む結城と目が合った。

「内藤さんに肩なんか抱かれて、何嬉しそうに笑ってるんだよ。俺言ったよな？　他の男の名前出されるだけでも嫌だって」

口調からして結城が怒っているのは分かった。だけど私は、この状況を冷静に受け止めることができないでいる。

――なんで。

なんで私、会いたくて会いたくてたまらなかった人に怒られてるんだろう。

それが納得できなくて、私はぼんやりする頭を必死に動かし、結城の誤解を解こうと口を開く。

「……いや、課長はただ悩んでた私を慰《なぐさ》めてくれてただけで……」

「悩みって……それこそ真っ先に俺に言うべきじゃないのか」

そう言った結城が、はっきりと眉を寄せた。

私は視線を落とし、痛いくらいに握られた手首を見る。

なによ……

こちらの言い分には耳を貸してくれないのに、どうしてこんな一方的に咎《とが》められなくてはいけないのか。

私の中に、沸々と怒りが込み上げる。

私は小さく息を吐くと、顔を上げ思いきって口を開いた。

「会ってもくれない人に、そんなこと言われたくない！」

「瑠衣？」

いきなり大声を出した私に、結城は怪訝《けげん》そうな視線を向ける。その顔を見た瞬間、張り詰めていた糸がプツンと音を立てて切れた。

私はキッと結城を睨《にら》み付け、溜まりに溜まった鬱憤《うっぷん》をぶちまける。

「勝手なこと言わないでよ！　好きだって言ったくせに、ずっと私のこと放っておいたのは結城じゃない！　そんな人に私を怒る権利なんかあるわけ⁉」

私の勢いに、結城が一瞬たじろいだのが分かる。

「放っておいたって……連絡するって言っただろ？」

「それだけで安心できると思ってるの？　なんで会えないのか、今結城に何が起こってるのか、ちゃんと言ってくれなきゃ、女は安心できないのよ⁉」

そうだよ、あの夜のことだってなんで言ってくれないの？　はっきり言ってくれてれば、私だってこんなに悩まずに、もっと早く結城に好きって言えたのに……

今の私の頭の中は、結城に対する不満や不安でいっぱいで、ぐちゃぐちゃになっている。

「もう、何がなんだか……結城が何を考えてるのか分かんなくなっちゃったよ……」

頭が混乱して、思考がまとまらない。もうどうしていいか分からなくなった私の目には、再びじわじわと涙が浮かび始めた。

ずっと不機嫌だった結城の表情が、みるみる困惑した表情に変わっていく。

「おい、瑠衣……」

戸惑うように結城が私から手を離した。そこで私は我に返る。

こんな人が行き交う場所で言い争いしたうえに泣いたら、嫌でも目立ってしまう。

そう思った私は、結城から顔を逸らし進行方向とは逆方向に歩き出した。

「待てよ。どこ行くんだ」

「帰るの」

そっけない私の返事に、背後で結城が舌打ちしたのが分かった。

「……行かせるかよ！」

直後、強く腕を掴《つか》まれ、そのままの勢いで私は結城に抱きしめられる。

久しぶりに感じる彼の温もりに、今まで張り詰めていたものが一気に緩《ゆる》んだ。

「……も、もうっ！　好きだって言ったくせに！　なんで急にそっけなくなるのよ！　嫌われたかと思って、すっごい不安だったのにっ……」

結城の腕の中でボロボロ涙を流し、顔をぐちゃぐちゃにして彼をなじった。

自分でも何言ってるのかよく分からなかったけど、いろんな感情が溢《あふ》れてきて止まらない。

「瑠衣、ごめん。会えなかったのは理由があるんだ。お前がどうこう、じゃなくて完全にこっちの理由で……」

ここで急に態度を軟化させた結城が、私を宥《なだ》めるように優しく背中を撫でてくる。

急にそんなふうに優しくされたもんだから、涙が一気にどわっと流れた。

「うっ……わ――――ん!!」

結城の胸にしがみついて、思いっきり泣いてしまった。

「瑠衣……悪かった。ほら、泣くなって」

結城がスーツのポケットからハンカチを取り出し、私の目元を拭《ふ》いてくれる。

そのまま結城は、泣いてる私をずっと抱きしめていてくれた。私が落ち着くまで、頭と背中を優しく撫で続けてくれる。

ようやく泣き止むと、結城は無言で私の手を引き歩き出した。そして、ちょうど通りかかったタクシーを捕まえ乗り込む。

運転手に自分のマンションの住所を告げた結城は、座席に深く身を沈めて盛大なため息をついた。

「～～～お前、往来で泣き喚《わめ》くとか、ほんと勘弁してくれよ」

「………ご、ごめんなさい」

私は小さくなって謝る。冷静になってみると、さっきまでの自分があまりにも恥ずかしい。

だけど、結城からはすっかり最初の不機嫌さが消えている。前を向いたまま、それでも私の手をずっと握っていた。

結城の掌《てのひら》から伝わる温もりが、なんだか「心配するな」と言っているみたいで、私の体から力が抜ける。

それからタクシーに揺られること二十分ほど。私達は結城のマンションに到着した。

彼に手を引かれつつ、二度目の結城の部屋に入る。

ソファーに腰掛けてぼーっとしていたら、結城がコーヒーを淹《い》れてきてくれた。

手渡されたコーヒーを一口飲んだところで、隣の結城が口を開く。

「ごめん、ずっと不安にさせて。会えなかったのは……俺の実家のゴタゴタのせいなんだ」

「えっ……実家？」

思ってもみなかった言葉に、驚いて隣を見た。そんな私の様子をちらりと窺《うかが》いつつ、結城が話を続ける。

「実は……、ちょっと前にうちの親父が倒れてさ。幸い大事には至らなかったんだけど、それでいろいろ不安になったのか、母親から実家に戻って来いって度々連絡があって。そのこともあって、週末は実家に帰ってたんだ」

まさかそんなことになっていると思ってなかった私は、結城の方へ体ごと向き直る。

「……私、てっきり結城はもう、私のこと嫌になったんだとばかり……」

なんだ……私、無駄にいろいろ悩んじゃってたみたい。

気の抜けたような私を一瞥《いちべつ》して、結城がため息をつく。

「そんなわけあるか。お前に余計な心配かけたくなかったんだよ。それに、もし実家に帰るかもなんて話して、付き合い自体を断られたらと思ったら……言い出せなかった」

「……そう、だったんだ」

結城が置かれている立場を自分に置き換えて考えてみると、それって結構キツイ。私だって、もし親に何かあったら、実家にすっ飛んで帰ると思うし。

会えなかった理由がはっきりしてほっとしていると、今度は結城がじっと私を見つめてくる。

「こっちはお前のことが好きだって自覚してから、結構長い間片思いしてきたんだ。そう簡単に嫌いになんかならねえよ」

「………そ、そう、なの、ね……」

結城の切り返しに照れて、カーッと顔が熱くなってきた。

照れる私を見た結城は、ハアーとため息をついてソファーから立ち上がる。そして着ていたジャケットを脱ぎネクタイを緩《ゆる》めながら、こちらを向いてベッドに腰掛けた。

「で、お前は何が不安で泣いてたんだ？」

急に話を振られ、「ええっ？」とたじろぐ。だけど、あの夜のことをはっきりさせなければ、きっと前に進めない。

――よし！

心を決めた私は、こちらを見ている結城と視線を合わせた。

「……あのさ。旅行に行く前に、若菜と内藤課長と間宮君と一緒に飲んだでしょ？　あの日の夜、ホテルで私と一緒にいたのって、結城?」

私はやや緊張しながら、結城の返事を待つ。

「……ああ」

結城は少し言いにくそうに、私から視線を逸《そ》らして頷いた。

「……!!」

反射的に立ち上がった私は、怒りのままベッドに座っていた結城の肩をドン! と突き飛ばした。

その勢いで、結城がベッドに仰向けに倒れ込む。

——この数週間、私が悩んでいたことは一体なんだったんだ!

どうしてさっさと名乗り出なかったのか。そう思ったら不安以上に腹が立ってきた。

「だっ、だったら早く言いなさいよ——っ!! 私があの夜のことでどれだけ悩んだと思ってんの!」

私は結城を見下ろしたまま、拳を震わせ吠えた。

だけど結城は、そんな私の剣幕に怯《ひる》むどころか、逆にムスッとして口を開く。

「セックスまでしといて相手覚えてないとか、普通考えないだろうが。いくら酔ってたとはいえ、お前確実に反応あったんだからな!?」

私はうっ、と黙り込んだ。

彼の言葉はもっともで、痛いくらい私の胸にぐっさりと刺さる。

でも、まだ言いたいことはあるのだ!

「せめて電話くらいくれればよかったのにっ……」

するると結城が素早くベッドから上半身を起こした。

「俺、連絡しろってメモ置いといたよな？　お前が連絡寄越さねえから、俺はお前があの夜のことを無かったことにしたいのかと思ったんだよ……」

困ったような顔で、結城が自分の髪をくしゃっと掻き回す。

初めて聞く結城の心情に、悩んでいたのは私だけじゃなかったんだと、昂《たかぶ》っていた気持ちが少し落ち着いた。

かといって、まだどうして……という気持ちは拭《ぬぐ》えない。

「なんであの日、私を置いてっちゃったのよ……。一緒に朝を迎えてれば、こんなにいろいろ悩まないで済んだのに……」

怒りの矛先《ほこさき》をなくし、私はしゅんと項垂《うなだ》れる。

すると、結城が私から視線を逸《そ》らし、はぁ、とため息をついた。

「お前とホテルでまあ……した後だな、親父が倒れたんだ。状況も分からないし、すぐ戻って来いって言われて、仕方なくお前を置いて行ったんだ。俺だって、お前と朝を迎えたかったよ」

理由が理由だけに、これ以上結城を責めることはできない。

そうだったんだ……

黙り込んだ私を見上げ、結城がそっと手を握ってきた。

「お前があの夜のことを覚えてないって知ったときはショックだったけど、むしろ告白をやり直すのに好都合だと思った。だから俺は、今度は酔った勢いとかじゃなく、ちゃんと告白してお前を手に入れようって決めたんだ。……湯浅からの旅行の誘いは、いいチャンスだと思ったよ」

「え……」

「ただ、きっかけはどうあれ、あの日、俺はお前が好きだから抱いたんだ。お前も俺を受け入れてくれたと思ったんだけど……違うのか？」

じっと向けられる強い視線に、私の体は射すくめられたように動かない。

「ゆ……結城……」

「たとえ、あの日のことを忘れてても、俺はもうお前を手離す気はない。忘れたなら、何度でも同じことを繰り返せばいいんだからな」

私を真っ直ぐに見つめる綺麗な瞳。その瞳の中に、私への強い思いを感じ取って体が震えた。

私も目の前にいる、この結城陽人という男が大好きだ。

きっと初めから。そう思ったら、じわっと涙が溢《あふ》れてきてホロリと流れた。

それを見た結城が、ぎょっとしたように立ち上がり、私の両肩を掴《つか》む。

「るっ、瑠衣!!　お前なんで泣いて……」

「違うの……嬉しいの……それから、ごめん。あの夜のこと忘れてて。……私も、結城のことが大好きだよ……」

しゃくり上げながら、どうしようもなく溢れる思いを結城に伝えた。すると、私の肩を掴む彼の手に力が籠《こも》る。

「瑠衣……」

「私、酔っぱらったからって誰とでも寝るわけじゃない。あのときも……結城だったから受け入れたんだと思うの……ううん、絶対にそう。断言できるよ」

「本当に？」

「うん……会いたかったのは、ちゃんと気持ちを伝えたかったから……。私も、結城のことが大好きだって伝えたくて……でも、会えないことがこんなに不安だなんて思いもしなかった。凄く、寂しかった……」

まだ言いたいことがあったのに、途中で言葉が出てこなくなった。結城が私を引き寄せ、その腕の中にぎゅっと抱きしめたから。

「……俺、もうお前のこと絶対離さないよ？」

「……うん」

私も彼の背中に手を回した。それが合図になって、少し体を離した結城が私の唇にそっと自分のそれを重ねる。

誤解が解け、改めて気持ちが通じ合ったことで、私は大きな安堵に包まれた。

そんな気持ちで、優しい結城のキスにうっとりしていたのだが……次第に激しくなっていくそれに、ついていくのがやっとになる。

「んっ、ま……まって……!!」

あまりの息苦しさに、なんとか唇を離し、彼の目を見つめる。私から「待て」をくらった結城はとても不機嫌そう。

「なんで」

「も、もっとゆっくり……」

言い終わる前に、結城がまた唇を押し付けてきた。

「……んっ……」

今度は逃がさないとばかりに、結城の手が私の頭をがっちり押さえ、噛み付くようなキスを繰り返す。

まるで食べられているみたいな激しい口づけに、私の頭はぼんやりと蕩《とろ》けていく。

その間にも、結城の手は私の腰からヒップラインを優しく撫でてくる。

彼の手がカットソーの裾から中に入ってきた瞬間、ハッとして彼の体を押しのけた。

「あの……する前にシャワー浴びたいの。だからちょっとだけ放してくれない？」

「いやだ」

久しぶりだし、せっかくなら綺麗にしてからと思ったのに、結城はまったく応じる気配がない。

「だって……汗かいたからきっとべたべたしてるし……」

「そんなの俺だって一緒だよ」

結城は喋《しゃべ》りながら私の首筋に唇を押し付け、舌を這《は》わせたり吸い付くようなキスを繰り返す。更に、私が着ていたカットソーの裾から手を入れ、ブラジャーの上から乳房を揉《も》んできた。

「あんっ……、ま、待ってって言ってるのに……」

「……一瞬でもお前と離れていたくないんだよ。分かれよ……」

私の耳元で、結城が熱く掠《かす》れた声で囁《ささや》く。結城の口から出た言葉に私の下半身がきゅんっと、切なく疼《うず》いた。

「それは……私も同じ気持ちだよ……」

ぼそっと呟《つぶや》いた私に、黙って首筋に舌を這《は》わせていた結城が、突然「分かった」と言った。そして私の手を引き浴室に歩き出す。

ホッとしたのも束の間、徐々に嫌な予感がしてくる。

二人で脱衣所に入ったところで、結城がさっさと自分の服を脱ぎ始めた。そして、目の前に立つ私に向かって「ほら、脱げよ」と急《せ》き立てる。

これは……やはり……

「もしかして一緒に入るってこと……？」

「お前はシャワーを浴びたくて、俺は離れていたくない。二人の意見をまとめるとこうなった」

結城が、何か問題でも？　とばかりに、ニヤリと口角を上げる。

そうだ、こいつは昔っからこういう食えないところがあるんだった。惚れた欲目ですっかり忘れていたわ。

そうこうしているうちに、結城が上半身を晒《さら》け出した。この間見たばかりだけど、改めて目にする引き締まった彼の体に、つい見惚《みと》れてしまう。

「……見惚れるのはいいけど、早く脱がないと無理矢理脱がせるぞ？」

カットソーを脱ぎ、ブラジャーとスカートだけになっていた私を、結城が熱い眼差しで見つめてくる。その視線が恥ずかしくて思わず胸を両手で覆《おお》った。

「やだ、そんなに見ないでよ」

「なんで。もっとじっくり見たい」

業《ごう》を煮やした結城が、私に近づき背中に手を回してブラのホックに手をかける。パチンと外された瞬間、締め付けが無くなり、ストラップが肩から落ちていく。

「手、外して」

彼に言われるがままおずおずと手を下ろした。

外気に晒されふるりと揺れる胸を、結城の手が優しく包み揉《も》みしだく。

「手に吸い付いてくる。柔らかくてすげえ気持ちいい」

身を屈《かが》め胸の先端を軽く口に含んだ後、彼は私の服を全部脱がして浴室へ連れ込んだ。

シャワーに打たれながら、私達はどちらからともなく抱き合いキスを繰り返した。

お互いに舌を絡《から》め、その合間に舌を吸い合う。飽きることなく唇を貪《むさぼ》り合っていると、結城の手がするりと私の股間へ伸びる。

繁《しげ》みの奥の蜜壺に指をつぷりと差し込み、彼は更に奥までグッと指を挿入した。

「あっ……」

「熱い……それに、もうグショグショになってる……ほら」

シャワーを止めた結城は、私に聞かせるように差し込んだ指を前後に激しく動かし始める。それだけで、すっかり潤《うる》んだそこからクチュクチュという音が聞こえてきた。

「や、は、恥ずかしい……」

「可愛いよ」

そう言って結城は、その場にしゃがみ込み私の足を大きく開かせる。

その先の行為を予感して、息を呑んだ。

直後、結城が私の股間に顔を埋《うず》めてきた。全体を舐《な》めた後、花弁を指で開き奥に潜む小さな蕾《つぼみ》に優しく舌を這《は》わせる。たちまち全身に快感が駆け巡《めぐ》った。

「あっ……‼　はあ……んっ……」

「ほら、ここも、どんどん膨《ふく》らんできた」

刺激によって膨らみ始めた蕾を、結城はちろちろ舌で弄《もてあそ》んだ。その度に快感で、腰が勝手に動いてしまう。

「やあっ、そんなふうにされたら、もうしたくなっちゃう……！」

正直に言った私に、結城が濡れた髪を掻き上げながら立ち上がった。

「お望みとあれば、いくらでも」

やけに色っぽい顔でにやっと微笑むと、結城は私のお尻を掴《つか》み、そそり立った彼自身をその隙間に宛《あて》がう。私はその動作を見つめながら、彼の首に自分の腕を巻き付けた。

すると結城が顔を上げ、じっと私を見る。

「……なんでそんな、泣きそうな顔してんの」

「……たぶん、嬉しいからだと思う……」

一瞬黙り込んだ結城はすぐにふっと笑い、私の唇にちゅっとキスをして深く重ねてくる。

そして、自身をグッと私の中に押し込んだ。蜜を纏《まと》わせるように数回出し入れした後、ゆっくりと奥まで挿入してくる。

「あっ……ん……」

目を閉じて私の中の彼を感じた。私を翻弄《ほんろう》する、圧倒的な存在感。

そう、彼と触れ合ったときに、なんとなく感じていた既視感《きしかん》。どこかで……と不思議に思っていたけれど、デジャビュでも夢なんかでもない。本当だったのだ。

「瑠衣……」

優しい結城の囁《ささや》き。普段より数段甘くなるこの囁きが私は好きだ。

その思いのまま強く抱きつくと、私のお尻を掴む手にグッと力が入った。

直後、ゆっくりと確かめるような腰の動きが激しくなる。

突き上げられる度に、お腹の奥がきゅんと疼《うず》いた。

どうしようもなく愛しさが込み上げてきて、目の前の結城の頭を掻き抱《いだ》く。

「あ……あっ、だ、だめ……」

「瑠衣……感じてるお前の顔、すげえ可愛い。たまんねえ」

私の顔を至近距離で見つめ、結城が恍惚《こうこつ》の表情を浮かべる。

何か言いたいけど、今は何も頭に浮かばなくて、ただ彼の首に回した腕に力を込めた。

結城は私の片脚を持ち上げ、結合部に腰を激しく打ち付ける。パンッ、パンッという音と、グチュ、という水気を帯びた音が、狭い浴室内に反響した。どこか遠くの方でその音を聞きつつ、私の意識は快感で彼方《かなた》に吹っ飛びそうになる。

結城が私の顔に自分の顔を寄せ、私の下唇をカプリと食《は》む。私もそれに応えていたら、もう立っていられないくらいの絶頂がやってきた。

「あっ、も、い、いっちゃ……」

私はきつく目を閉じ、そのときに備えた。すると彼の抽送《ちゅうそう》が速さを増していく。

——もうだめ、もうっ……

「あっ……!!」

がくがくと膝から崩れ落ちそうになるのを、結城にしがみついてなんとか耐える。すると結城も、きゅっと眉根を寄せ、綺麗な顔を歪《ゆが》ませた。

「う……！」

私の腰を強く掴《つか》んだ結城が体を痙攣《けいれん》させると、勢いよく自身を引き抜いた。そして、白濁したものを私のお腹に吐き出す。

浴槽のへりに手を突き荒い息を整えていたら、結城が私の体にシャワーをかけてくれた。お腹にかけられた白濁を洗い流すと、ぐいと腕を引き上げられ、結城に抱きしめられる。

顔を上げるとそこには真っ直ぐに私を見つめる、結城の顔。汗ばんで、ほんのりと頬が紅潮した彼の顔がとても色っぽくて、私は吸い寄せられるように彼の唇に自分のそれを合わせた。

「瑠衣……」

掠《かす》れた声で私の名を囁《ささや》くと、結城の肉厚な舌が私の口腔《こうこう》に侵入し、歯列をなぞっていく。

「んう……」

お互いに熱い吐息を絡《から》ませながら、キスを繰り返した。やめどきが分からないくらい、私達は夢中になって唇を貪《むさぼ》り合った。

どちらからともなく唇が離れると、結城がスポンジを手に取る。浴室の洗い場で、私を椅子に座らせると、膝立ちになった結城が泡立てたスポンジで私の体を優しく洗い始めた。

「ねえ……くすぐったいよ」

「体洗いたいって言ったの、お前だろ」

「そうだけど、これって洗ってるって感じじゃないし……」

気付けば、たっぷり泡のついた私の体の上を、結城の手が艶《なま》めかしく滑る。円を描くように乳房に泡を塗り付け、そのままゆっくりと揉《も》み込んでいく。時折、指が先端を掠《かす》め、私の口から「んっ」と声が出てしまった。

私が彼の動きに反応する度に、結城は嬉しそうに目尻を下げる。

「可愛い、瑠衣。早くベッドでお前を思う存分抱きたいよ」

「……っ！」

一瞬で真っ赤になった私を見て、結城はニヤニヤしながら、掠めるように私の唇にちゅ、とキスをした。

泡まみれの体をシャワーで洗い流した後、私達はベッドへ移動する。

すぐにベッドに倒され、体に巻いていたバスタオルをあっさり剥《は》ぎ取られた。

お互いに何も身に着けていない状態で、結城が私の体をぎゅ、と強く抱き締める。そしてゆっくりとした動作で顔を近づけると、私の唇をぺろりと舐《な》め、そのままキスをしてきた。

「ん……」

ちゅ、とリップ音をたてて名残《なごり》惜しそうに唇を離すと、結城の視線は胸元に移動する。

まだ少し水気を帯びている彼の指が、ベッドの上で仰向けになった私の素肌をゆっくりとなぞっていく。

くすぐったいような、もどかしいような気持ちで、私はその光景を見つめた。

胸に触れた結城の手がふわりと乳房に被さると、やわやわと揉《も》みしだく。そして空いている方の乳房に顔を近づけてちゅっちゅっとキスを繰り返す。

徐々に先端に近づいていく結城の唇がくすぐったくて、私は軽く身を捩《よじ》った。

乳房を揉みしだきながら、先端を舌で転がしては軽く吸い、歯を立てて甘噛みされる。その度に、ついビクンと背中が反《そ》ってしまう。

「んんっ……！」

「気持ちいい？」

舌を出し、硬くなった先端をコロコロと転がしながら、結城が表情を和《やわ》らげた。

「そんなの、気持ちいいに決まってる……」

「それはよかった」

結城は再び胸への愛撫を再開しつつ、反り返った背中をつうーと指でなぞる。

私は彼の顔を両手で挟み、引き寄せて自分からキスをした。積極的に舌を絡《から》め、キスを堪能していたら、いつの間にか結城に主導権を奪われ口腔《こうこう》を貪《むさぼ》られる。

「んっ……」

初めてキスしたときも思ったけど、結城のキスは心地いい。

優しいんだけど、激しくて、うっとりしてしまう。

彼にキスをされる度にお腹の奥がキュン、と切なくなるのだ。

現に私の下半身はキスだけですっかり潤《うる》んでしまっていた。

何度もキスをしながら、私は彼の柔らかい髪を撫でる。そのまま手を滑らせ、見た目以上に筋肉質で男らしい体に手を添わせた。

結城の汗ばんだ素肌が、しっとりと私の肌に馴染《なじ》む気がするのは、気のせいだろうか。

——結城にくっついてると、安心する……

肌と肌を通じて感じる結城の温もりに、これ以上無いほどの幸せを噛みしめる。

ふと顔を上げた結城が、熱い眼差しで私を見つめながら、おでこにちゅ、とキスをした。

される瞬間、軽く目を閉じ、幸せな気持ちに浸《ひた》っていたら、結城の指が熱く潤んだ秘裂をまさぐる。

「あっ……」

優しく何度か触れた後、濡れた手で敏感な蕾《つぼみ》に触れてきた。

執拗《しつよう》なくらいにそこを刺激されて、強過ぎる快感で呼吸が荒くなる。止まらない刺激に、頭がおかしくなりそうだ。

「結城っ、そこばっかりやだ……！」

耐えられず私は快感から逃れるように身を捩《よじ》った。

私の胸に吸い付いて、所々に赤い花を咲かせている結城を咎《とが》めるみたいに視線を送る。

けれど彼は、不敵な笑みを浮かべて秘裂を擦《こす》り上げる動きを速めた。

「ああっ……」

仰《の》け反《ぞ》り快感に耐える私を見て、手の動きを止めた結城が、ふっと微笑み私の耳元で囁《ささや》く。

「ここ、あんまりいじるとイキそうになる？」

「……っ」

思っていたことをズバリ当てられ、恥ずかしくて目を掌《てのひら》で覆《おお》った。

「じゃあ、ここで一回イッとくか」

そう言うなり、結城が体をずらして私の股間に顔を埋《うず》めてくる。

「やっ……！」

止める間もなく、敏感になった蕾《つぼみ》を彼の唇が含んだ。強く吸われ、舌で優しく舐《な》められる。その度に電気のような甘い痺《しび》れが背筋を走り、私は激しく身を震わせた。

「あああぁっ……！　いやあ……だめえ……っ！」

快感と、恥ずかしさで顔に熱が集中する。

つい逃れようと脚に力を入れ閉じようとするも、結城にがっちりと脚を掴《つか》まれて阻止される。どうすることもできなくて、私はされるがまま身を震わせた。

蕾に触れる結城の舌は優しい。でも、繰り返し舌先でそこを舐められるとたまらなくなる。

堪《こら》えきれない嬌声《きょうせい》を上げ必死に快感に耐えていると、蕾を強く吸われた。

その瞬間、ビクンと腰が跳ねる。

「やああっ、だめっ、それだめ……っ！」

強い刺激に私が身悶《みもだ》えている隙に、結城の指が蜜を溢《あふ》れさせる膣口の奥へ侵入してきた。

指を出し入れされる度にぬちゃぬちゃと淫靡《いんび》な音が聞こえてきて、私の羞恥心《しゅうちしん》を煽《あお》る。

「や、やだ、もう恥ずかしい」

結城の頭を押して、わずかばかりの抵抗を試みる。

脚の間から顔を上げた彼は、濡れた唇を舐めながら私を見上げた。

そんな結城の動作がやけに色っぽくて、ドキッとすると同時に、体の奥が更に疼《うず》いた。

「もっと瑠衣が乱れるところが見たい」

見上げてくる結城の目に欲情の色を見つけ、顔が熱くなる。

「そ、そんなの……やだっ」

恥ずかしくて咄嗟《とっさ》に顔を背けると、結城が「はっ！」と声を出して笑った。

「わかった。それに、そろそろ俺の方が限界かも。入れてもいいか？」

「うん……」

結城が膝立ちになり、近くに用意してあった避妊具をすっかり勃《た》ち上がった自身に被せる。

ぼんやりとその光景を見ていたら、フラッシュバックみたいに、頭の中に似たような映像が浮かんだ。

――あれ？　この光景、最近どこかで見た……？

というか、最近結城としかこういうことをしていないので、彼とのセックスで見たのだろうか。

気になって、眉間に皺《しわ》を寄せてじっと一点を見つめる。そんな私に気付いた結城が、恥ずかしそうに苦笑した。

「何そんなに真剣になって見てんだよ」

「へっ？　あ！　ち、違うから」

「そう？　じゃ……いいな」

ゆっくりと体を重ねられ、膣口から挿入してきたモノが、私の奥深くまで沈んでいく。

その圧迫感に、思わず仰《の》け反《ぞ》った。

「……んあ……」

「中、熱いな。……吸い付いてくる」

「あ……結城っ……」

声を掠《かす》れさせ倒れ込んできた結城が、二人の掌《てのひら》を重ね指を絡《から》めてきた。

彼の顔が近づいてきたので、うっすら口を開けるとするりと舌が滑り込んでくる。

そうして再び、息ができないようなキスを繰り返した。先に唇を離した結城が、鼻先が触れる距離で囁《ささや》く。

「結城じゃなくて、名前で呼んで……」

「あ……」

そう言われて、かあっと顔が熱くなった。

改めて名前で呼ぶのはちょっと恥ずかしくて、私は躊躇《ためら》いがちに小さな声で呟《つぶや》く。

「は、陽人……」

次の瞬間、結城の動きが止まった。と思ったら私の中にいる結城の質量が急に増して、「あっ⁉」と声が漏《も》れる。戸惑っているうちに、ぎゅうっと強く抱きしめられた。

「ちょっ、く、苦しい……！　何、急に」

「やべえ……マジ嬉しい……」

絞り出すように言われた言葉に、ひゅっと喉《のど》が鳴った。そんなこと言われたら、こっちの方が照れてしまう。甘酸っぱいような喜びを感じながら、私はそっと結城の背中に手を回した。

しかしその直前、急に結城が上半身を起こす。そして私の膝裏に手を当て体を折り曲げると、性急に抽送《ちゅうそう》を始めた。

「きゃ……な、いきなり……⁉」

「もうだめだ、我慢できねえ」

そう言って、結城は激しく腰を打ちつけてくる。強く穿《うが》たれる度に、彼のモノがお腹の奥の快感ポイントを突き、私はただただ喘《あえ》ぎ続けた。

「あっ、やっ……だめ、そこ、気持ち、いいっ……」

「瑠衣、好きだ。好きでたまらない……」

ただでさえ気持ちいいのに、そんな甘い言葉を囁《ささや》かれると、余計にお腹の奥がきゅんと疼《うず》いてしまう。

「ん、陽、人っ……！」

私は彼の名を呼び、激しさを増した彼から与えられる快感に悶《もだ》えた。

結城はそんな私を艶《つや》っぽい眼差しで見下ろしながら、円を描くように私の中を満遍《まんべん》なく掻き混ぜる。

「んあっ、あっ、気持ちいっ……」

掌《てのひら》を額に当て、気持ち良さに浸《ひた》っていたらぐいと体を起こされ、繋《つな》がったまま結城と向かい合う形になる。

私達は至近距離で見つめ合うと、どちらからともなく近づき、唇を合わせた。

「ん……」

「瑠衣……」

結城は私の背中に手を添えてぐっと引き寄せると、丸ごと食べてしまうような激しいキスを繰り返す。

私は彼の頬に手を当て、キスを必死で受け止める。

そして唇を離すと、今度は下から激しく突き上げられ、はっと息を吸い込んだ。

「あっ……や、激しっ……」

目の前の結城の首に手を回し、彼にしがみついたまま体を揺さぶられる。

ふわりと薫《かお》る、汗の匂いが混じった結城の香りを、なんだか生生しく感じて、それだけで情欲をそそられた。

熱くて硬い杭《くい》が、私のお腹の奥の方に何度も穿《うが》たれる。ジュブジュブと水音を立てながらの激しい突き上げに、次第に私の思考能力が奪われていった。

「ああっ、も、だ、めっ……」

結城は変わらず熱い眼差しで、嬌声《きょうせい》を上げ続ける私を見続けている。

──もうっ、なんだか私ばっかり翻弄《ほんろう》されて悔しいっ……

喘《あえ》ぎ過ぎてさすがに喉《のど》が痛くなってきた頃、結城の抽送《ちゅうそう》が今まで以上に速くなった。

あ、そろそろ、やば……気持ち良すぎて、イッちゃいそう。

「ん、あんっ……あっ、もう、ダメッ……」

「はっ、瑠衣っ……」

結城も限界が近いのか、息が荒い。

何度も何度も下から突き上げられ、私は必死に彼にしがみつき快感に耐える。

喘ぎながらキスに応えていたら、限界が来た。

「んう……んっ、んんんっ……！」

──イクッ……！

次の瞬間、頭の中が真っ白になって何も考えられなくなった。

「はっ……！」

すぐに結城が、小さく身震いし、私を強く抱きしめた。

彼の汗ばんだ体をゆっくり撫でると、少し顔を上げた結城がチュッと唇にキスをした。

もう何度目かも分からないこの感触。心地よくて、いつまでもしていたいと思う優しいキスだ。

しばらくして唇を離した結城が処理を済ませ、布団に包《くる》まってきた。

二人して改めて顔を見合わせる。何を言おうかちょっと考えたけど、彼の顔を見つめているうちに自然と言葉が出てきた。

「陽人、大好き」

「俺も」

額と額をコツン、と合わせ、笑い合う。そうして、私達はぎゅっと抱き合った。

ここまで幸せを感じたセックスは初めてだ。

私は結城の腕の中で、彼の温もりを感じながら考える。

もしかしたら私も、気付いていなかっただけで結城のこと好きだったんじゃないかな。

だから、きっかけはあの夜でも、こうなることは必然だったのかもしれない。

そう思ったら、余計に幸せな気持ちが胸に溢《あふ》れてきた。

私は、さっきまでの行為の余韻に浸《ひた》りながら、大好きな彼の腕の中でそっと目を閉じたのだった。

＊　＊　＊

突然体に感じた柔らかい感触に、眠っていた私はうっすらと瞼《まぶた》を上げた。

『ん……？　ここどこ……？』

目を擦《こす》りながらキョロキョロと辺りを窺《うかが》うと、ぼんやり広がるのは見慣れない景色だ。ベッドがある、ということは誰かの部屋かな……？

『お前が起きないのが悪いんだからな。今晩はここで我慢しろ』

少し怒ったような、困ったような声の主は……結城だ。

『結城が連れてきてくれたの……？』

『そうだよ。お前揺さぶっても何しても起きないから、仕方なくここへ連れてきたんだ。お前の家なんて知らないし、かといって俺んちに連れ込むわけにもいかないし……じゃあ、俺はこれで帰るから、お前はゆっくり寝とけ』

くるりと踵《きびす》を返し、出口に向かって歩いていく結城の背中を見ていたら、なんだか急に寂しくなってしまった。

『やだ、結城……行かないで、一人にしないで……』

普段の私だったら絶対に言わないような、正直な気持ちがするりと口から出てきた。言われた結城がギョッとした顔で振り返る。

『おま、今なんつった？』

『寂しいから、ひ、一人にしないでぇ』

半泣きでそう訴えると、出口付近にいた結城がこちらへ戻ってくる。そしてベッドの上にいる私の隣に腰掛けると、見たこともないような優しい顔をする。

『寝るまでいてやるから、安心して寝ろ』

『結城も一緒に寝よ？』

私の何気ない一言に、結城の表情が固まった。かと思ったら今度はみるみる真っ赤になった。

『……は⁉　水無お前何言って……』

『このベッド広いし、二人で寝ても余裕だよ。はぁ、それより、なんだかさっきから体が熱くて……脱ぐ』

ボタンダウンシャツの前ボタンをぽちぽち外し出した私の横から、結城の怒った声が飛んできた。

『バカお前っ‼　何考えてんだ、こんな状況で脱ぐんじゃねえっ‼』

私の手首を掴《つか》み、結城が真剣な表情で私を叱《しか》る。

『……？　だって、熱い……』

私はなんで怒られているのか理解できず、困惑の表情で彼を見つめる。

怒ったような、戸惑っているような表情の結城は、ガシガシと頭を掻くと、『だから！』と半ば自棄《やけ》になったみたいに言い捨てる。

『俺がせっかく理性働かせて帰ろうとしてるのに、なんでお前はそうやって俺を煽《あお》るようなことを……！』

『煽る？』

酔った頭では結城の言ってることがよく分からない。私は首を傾《かし》げ、彼を見つめた。

すると真剣な眼差しで私をじっと見つめていた結城が、いきなりがばっと私を抱きしめた。

『結城……？』

『好きだ』

『え……？　今、なんて……』

最後までは言わせてもらえなかった。気が付いたら、私の唇には結城のそれが重なっていたから。

――今、私のこと好きって言った……？

思いがけない結城とのキス。だけど全然嫌じゃない。むしろ、もっとしてほしい……

気付くと私は結城の首に自分の腕を回していた。

すると、唇を離した結城が神妙な面持《おもも》ちで私に尋ねてくる。

『水無……いいのか。このままだと……もう歯止めが利かないぞ。嫌だったら今のうちにはっきり言え』

嫌？　嫌だなんて、ちっとも思わなかった。

私は結城の目を見つめながら、小さく首を横に振った。

『嫌だなんて思わないよ。私、結城にもっとして欲しいって思って……』

その瞬間、結城が再び私の唇を塞《ふさ》いだ。さっきは優しく触れるだけだったのに、今度のキスはするりと侵入してきた舌に全て絡《から》め取られてしまいそうな、激しいキスだった。

キスをしながらベッドに押し倒され、気付けば服を脱がされ全裸になっていた。そして目の前にいる結城も引き締まった裸体を晒《さら》している。膝立ちになって避妊具をつけた結城が、ゆっくりと私の中に入ってきた。

『瑠衣……』

『もっと、もっとして……結城……』

私達は夢中で絡み合いながら、互いの名を呼び合った。

夢現《ゆめうつつ》の状態ではあったけれど、あのとき確かに私は目の前の結城を愛おしく思っていたのだ。

絶対に。

＊　＊　＊

翌朝。私が目を覚ますと目の前には結城の胸があった。一瞬今の状況が理解できなくて頭の中にクエスチョンマークが広がる。

――あれ？　今までのって夢？　なんかやけにリアルだった気がするんだけど……いや、もしかしてあれって……あの夜の……？

そう思いながら目の前の結城の裸の胸にそっと手を当てた。

――これは夢じゃないんだ……

私はじわじわと込み上げてくる幸せを噛み締めた。

「おはよ」

頭の上から降ってきた声に顔を上げると、枕に肘をつき頬杖をついた結城が私を見下ろしている。

「おはよー……」

私がそう挨拶すると、微笑んだ結城が手を伸ばしてきた。

寝ているうちにぐしゃぐしゃになった私の髪を手櫛《てぐし》で梳《す》き、その一束を自分の口元に持っていく。

「瑠衣の髪、綺麗だな。ずっとこうやって触りたいと思ってたんだ」

朝から甘さ全開の結城に、私の顔が火照《ほて》ってくる。

「そ、んなことはないと思うけど……むしろ、結城の髪の方がずっと綺麗だよ。柔らかくってサラサラで……」

私がそう言うと、結城がちょっと眉根を寄せた。

「陽人だろ？　なんでまた結城に戻ってるんだよ」

「だ、だって、ずっと結城って呼んでたから、いきなり変えるのはちょっと難しいよ」

「難しくない。ほら陽人って言ってみな」

「うん……陽人の髪の方がって……おお？」

彼の名前を呼ぶや否や、結城が私の顔に顔をすり寄せてきた。これまで見たことのない、結城の甘えるような仕草にきゅん、とときめいてしまう。

「なによ急に……どうしたの……？」

「いや……名前で呼ばれると嬉しくて。好きだよ瑠衣」

「私も……って、ん……」

喋《しゃべ》っている途中で唇を塞《ふさ》がれた。初めはちゅ、ちゅと啄《ついば》むようなバードキスだったのに、すぐに舌が入ってきた。結城とのキスは気持ちが良くて、つい流されそうになってしまう。

や、ダメダメ！　朝からこんなことされちゃったら、また濡れてきちゃう！

「んっ……ダメだよ、朝だし、もう起きなきゃ……」

私に体重をかけて、キスを続けようとする結城を手で押し返すと、彼が苦笑した。

「いいじゃん。今日休みだろ。なんならこのまま一日中こうしてたっていいぜ」

「一日中って……」

思わず目を丸くした。

「いいだろ、瑠衣。一緒にいたいんだよ」

甘えたような声で、グイッと身を寄せられると、内心同じ気持ちの私は、何も言えなくなってしまう。

じっと私の返事を待っている結城に根負けし、はあ～とため息をついた。

「もう……」

観念した私を見てパッと顔を輝かせた結城は、すぐに私をベッドに押し倒してくる。

あまりに素早い行動に唖然とした。

「ちょ、いきなり？　……早いよ」

「そりゃあ……目の前に好きな女がいたら自制心なんて働かないだろ」

「……そっか」

なんだか不思議と納得させられてしまった。

その間にも、結城は私の首筋に舌を這《は》わせてくる。そして両手で剥《む》き出しになっている私の乳房を鷲掴《わしづか》み、指先で引っ掻くように先端を弄《いじ》り始めた。

「んっ……」

「瑠衣、可愛い。もっと声、聞かせて」

「……あっ、んん……ふっ……」

結城の思い通りになるのも癪《しゃく》だと思うのに、彼の指は的確に私の気持ちいいところを攻めてくる。

結局私は、結城の望み通り、真《ま》っ昼間《ぴるま》から散々喘《あえ》がされることになってしまうのだった……


それから数日後。

我が社の記念すべき創立五十周年の日を迎えた。

いろいろあった記念冊子は、無事刷り上がり式典当日全ての来賓《らいひん》に配布完了。ありがたいことに、役員の評価も上々で、ようやく私の肩の荷も下りた感じだ。

その日の昼休み。私と若菜は、総務のフロアで各部署に一部ずつ配布された記念冊子を見ながらランチを取っている。

「こうやって年表で見ると、うちの会社もいろいろな事があったたって実感するわねえ」

冊子のページを一枚一枚捲《めく》り、若菜が感心したようにウンウンと頷く。

「私も作業しながら結構勉強になったんだよね。それにほら、昔の写真とか見てると、今じゃ役員名簿でしか見ないような人が、さり気なく社内風景に映ってたりしてさ。なんかちょっと感慨深かったよ。冊子に予算掛けるのもったいないって声もあったけど、私は作って良かったって思ってる」

パラパラとページを捲っていたら、ふと社員の声のページで指が止まる。

横からそのページを覗《のぞ》き込んできた若菜が、微笑みながら声を上げた。

「結城じゃん。いい笑顔だね」

開いたページの中で、眩《まぶ》し過ぎる笑顔で写真に写っている彼。

「でしょう。なんせ私が撮った写真ですから」

えへへ、と胸を張ると「まー、偉そう」と若菜が苦笑した。

今から何年、何十年後かに、結城がまたこの冊子を開くとき、この年はいろいろあったな～って、懐《なつ》かしく思ってくれたらいいなと密かに思う。

できたらそのときも、結城の隣には私がいたら完璧なんだけどな……なーんて。

私は若菜に見られないようクスッと笑い、そっと冊子を閉じた。


終業時間となり、デスクで荷物をまとめる私のところに間宮君がやって来た。

「水無さん、結城さん来てますよ」

ニコニコしながら私に耳打ちする間宮君。結城との関係がバレてからというもの、彼はいつも結城が私を迎えに来ると教えに来てくれる。

「あ、ありがとう」

「今日は結城さんとご飯ですか？」

笑顔の間宮君が、フロアの外にいる結城にちらりと視線を送った。

今日は金曜日。先週に引き続き今週末も一緒に過ごす約束をしていた。

「うん。間宮君も一緒に行く？」

何気なく誘ってみたら、間宮君はぎょっとしてぶんぶんと勢いよく首を横に振った。

「止めてくださいよ！　そんなことしたら、結城さんにぶっ殺されます！」

「ええ？　まっさかあ！」

そんなこと結城がするわけないと、私が軽く笑い飛ばす。すると、間宮君は大きなため息をついて肩を竦《すく》めた。

「水無さんは分かってないです！　俺、結城さんって結構独占欲が強い方だと思いますよ。水無さんの近くに男がいるだけで、体からこう嫉妬の炎がメラメラと……」

「メラメラと、なんだ」

背後から声がしたかと思ったら、冷たい眼差しを間宮君に向ける結城がいた。

間宮君が大きな体を思い切りビクつかせる。

「ぎゃっ！　ゆ、結城さんいつの間にここまで来たんですかっ！」

「さっきからいたよ……何、俺ってそんなに嫉妬深そうに見えるのか？」

結城がそう言って眉根を寄せた。どうやら本人には自覚が無いらしい。

「おっ、結城～」

ご機嫌な様子で、こちらにつかつか歩み寄って来るのは内藤課長だ。

課長は結城の前でぴたりと足を止めると、顔を近づけにこやかに言った。

「この間、泣いてる水無の肩を抱く俺の手を力いっぱい叩き落としたのは、どこの誰かな～？」

「……」

途端に結城がぐっと真一文字に口を結んだ。

「痛かったなあ～。あれ結構マジだったよなぁ、結城？」

ニヤニヤしながら痛いところを突いてくる課長に、結城はばつの悪そうな顔をした。

「あのときは、ほんとにすみませんでした……って、俺に会う度にそれ言うの、いい加減勘弁してくれませんか」

「そうだっけ？」

課長が笑いながら結城の肩をポンポンと叩いた。

これは、しばらく弄《いじ》られ続けるな……たぶん。

仕方ない。助け舟を出すか。

「あの、用意できたんで……結城、帰ろうか？」

「そうしよう。一刻も早くこの場から立ち去りたい」

私は課長と間宮君に挨拶して、結城と一緒にフロアを後にした。

ロッカーで着替えを済ませ、私は結城と出入り口に続く廊下を歩く。

「なんか最近、総務に行く度に内藤課長に絡《から》まれるんだよなあ～」

横を歩く結城はそう言って、額を押さえながら嘆いていた。

「しばらくしたら、課長も飽きると思うけどねぇ……」

「くそっ。暇潰しかよ」

私と結城が付き合い出したことは、いつの間にか周囲に知れ渡っていた。

特に隠しているわけでもないし、お互いに時間が合えばこうやって一緒に帰ったりしてるから、そりゃバレるよねって感じなんだけど。

私と結城が付き合い始めたと知った若い女性社員からの視線がちょっと痛かったり、ロッカールームでちょびっと聞こえよがしに嫌味を言われたこともあったけど、落ち着くまで我慢していればいいやと、気にしないようにしている。

――貴重な独身のイケメンと付き合ってしまったんだもの。嫌味くらいなら甘んじて受けよう……

エントランスを出てすぐ、結城が声をかけてくる。

「今日はどうする？」

実のところ、これまで結城の部屋にばかりお邪魔して、一度も私の部屋に呼んだことがなかった。

だって結城のところに比べると圧倒的に物が多いし、時代劇のＤＶＤとかが床に積み上げてあったりしたもんだから、なかなか呼べなかったのだ。

でも！　今日は結城が来てもいいように、きちんと部屋の整理整頓をしてきたのだ！　なのでいつでもウェルカム状態である。

「よかったら……うちに来る？」

私がそう言うと、結城の顔がパッと明るくなった。

「いいのか？　じゃあ、おまえんち行こう」

「じゃあ途中でビール買っていい？　ちょうどビールのストックが切れそうなんだ～」

すると、結城がはたと立ち止まる。

「ちょっと待て……先週俺んち来たときに買ったビール、お前結構持って帰ったよな？　あれ、もう全部飲んじまったのか!?」

「あ……」

いけない。口が滑った……！

口に手を当て、そっぽを向いた私の首に結城の腕が回る。そのまま首をロックされてしまった。

「いやーっ！　何するのよっ!!」

こんな公衆の面前で恥ずかしいじゃない、とじたばた暴れる。

「おーまーえー。もうちょっとペース配分考えて飲めよっ！」

「ううっ、ごめんってば。……だって禁酒解禁したら、仕事の後のビールが美味《おい》しいんだもん……」

言い訳する私に、結城は、「ったくもう」と、言いながら腕を離してくれた。

「ほんと、酒飲んで記憶無くすとかもう勘弁してくれよ」

「うっ……私だって嫌だよ。あんなモヤモヤした日々を送るのはもうごめんです」

すると、さりげなく結城が私の手に自分の手を絡《から》めてきた。

途中スーパーに立ち寄り買い物をしてから、結城と一緒に私のマンションへ向かう。

男の人が家に来るのは初めてじゃないのに、相手が結城だと思うと変に緊張してきた。

鍵を開け、ゆっくりドアを開けつつ、ちらりと結城の顔を窺《うかが》い見る。

「……どうぞ」

「お邪魔します」

結城の部屋が物の少ない部屋なのに対して、私の部屋は物が多い。

私なりに精一杯片づけたけど、やっぱり緊張する。

「……墨《すみ》の匂いがする」

部屋に入るなり辺りを見回していた結城が呟《つぶや》く。

「ああ、それはきっと私がたまに書道をやっているからだと思う。ほら、そこにも貼ってあるでしょ？　それ私が書いたの」

私が半紙の貼ってある壁を指さす。

「へー、上手《うま》いじゃん」

そう言って彼は、壁に貼られた【禁酒】の文字をじっと見ていた。

あっ。しまった。解禁したのに剥《は》がすの忘れてた……

しばらく興味深そうに私の部屋を見ていた結城は、冷蔵庫を見た瞬間目を剥《む》く。

「でかっ！　一人暮らしなのになんでこんなに冷蔵庫でかいんだよ？」

そういえば、若菜もうちに初めて来たとき、同じこと言ってたな。

なんだかリアクションまでそっくりだ。

着ていた服をハンガーにかけながら、ソファーで寛《くつろ》ぐ結城を見つめる。

そういえば、今週は実家に戻らなくていいのだろうか……

「ねえ、週末は実家に帰ってたって言ったじゃない？　先週も帰らなかったのに、今週も行かなくて平気なの？」

「ああ。親父も落ち着いたし、今はお前と一緒にいたいから」

「お父様の具合はどう？」

おずおずと結城を窺《うかが》うと、彼は私の心情を悟ったのか安心させるように微笑んだ。

「大丈夫。そんな深刻な病気じゃないから、心配いらない」

「そ、そっか……ならよかった……」

取りあえず、安心した。

だけど、お母さんに実家に戻って来いって言われてるんだよね？

あのときはそれどころじゃなかったから、深く聞かなかったけど……

「ねえ、結城……実家に戻るかもしれないって話、結局どうするの？」

聞くのが怖かったけど、私もソファーに腰掛け恐る恐る尋ねる。

「もしお前に振られたら、戻ってもいいかとも思ったけど、今は帰るつもりはさらさら無い」

その考えを聞いて、ほっと胸を撫で下ろした。

「親父が倒れたときに吐血したらしくてさ。母親はそれがトラウマになってるみたいで……俺に戻って来いって言ってくるんだけど、近くに兄夫婦も住んでるから大丈夫だろ」

そう言って、結城が首をぐりんと回した。その瞬間、ゴキゴキと音がしてぎょっとした。

「なっ！　大丈夫!?　疲れてるんだったら私に構わず休んでくれていいのに……」

「疲れてるからこそお前と一緒にいたいんだろ。この土日で癒《いや》してよ、俺のこと」

結城が私の後ろからお腹に手を回し、ぎゅっと抱きしめる。

それは、癒すどころか更に疲れるのでは？　とちょっと疑問に思ったけども。

でも一緒にいたいのは私も同じなので、まあ……仕方ないか。

だけどさすがに毎晩明け方まで抱かれるのは正直キツい。

「この際だからはっきり言っとくけど、エッチばっかりはしないからね！　癒すのは、マッサージとか、ご飯作るとかそっち方面でだからね!?」

「……飯作ってくれんの？」

結城が意外、とでも言いたげに私の顔を覗《のぞ》き込んでくる。

「お洒落《しゃれ》なものは作れないけど、そこそこ作れます！」

「お洒落なものってなんだよ……まあ、作ってくれるならなんでも嬉しいけどな」

くくく、と肩を震わせながら結城が笑う。

こうやって嬉しそうに笑ってくれるなら、料理とか、ちゃんとやっておけばよかったと今になって思う。もうちょっと頑張んないとなあ、ワタシ……

「茶色いものばっかりだけど、ご飯には合うから」

私は立ち上がり、キッチンに向かう。

「茶色？」

私の言っていることがよく分かっていない結城は、不思議そうに首を傾《かし》げた。

キッチンに立ちスーパーで買ってきた食材を冷蔵庫に詰めていると、なんだか結城の奥さんにでもなった気がしてきて、自然と顔が緩《ゆる》んでしまう。

――いかーん!!　気が早いぞ、ワタシ。

緩み切った頬を両手でぐいぐいと持ち上げる。

お互いの想いを伝え合って、あの夜の相手も分かっていろいろスッキリしたら、気持ちが急に動き始めたような気がする。

だけど、まだ付き合い始めたばっかりだし、結城とはこれからじっくりと愛を育てていけばいいんだ、うん。

買ってきた人参を手に、新たな決意を固めていると、リビングからキッチンにやって来た結城が声をかけてきた。

「なあ」

「うん？」

「結婚しない？」

「うん？」

何気なく返事をしてから、私ははたと動きを止めた。

…………ん？

「結婚？」

「そう」

ハア————っ⁉

あまりに驚いて、手に持っていた人参の袋を足の上にゴッと落っことした。

何気に固くて重たい人参は、凶器となって私の足の甲を直撃する。

「イタ————ッ‼」

「えっ⁉　何？　あっ、人参落としたのか！　大丈夫かっ」

慌てた結城が駆け寄ってきた。

私は痛みのあまりその場に座り込み、足の甲を掴《つか》んで痛みに耐える。

痛い。足の甲痛い。人参意外と威力ある……ってそれどころじゃない！

今、結城なんて言った？　け、結婚……結婚って言った？

いきなり降ってきた「結婚」という言葉に面食らい、ひざまずいて私の足を見ている結城の顔をまじまじ凝視する。

「突然なに言って……ていうか私達、付き合い始めたばっかりだよね？　それなのにもう結婚って……はっ、早すぎでしょう⁉」

「俺は早いとは思わないけど」

「いやいやいや……ちょっと待ってよ……」

結婚って言うだけでも汗が噴き出てくるようだ。

すると結城は、掴《つか》んでいた私の足を離しハアーッと大きく息を吐くと、きちんと私に向き直った。

「あのさ。俺達だってもう二十八だろ。これから付き合うってなったら、当然結婚を視野に入れて考えてもおかしくないんじゃないか？　少なくとも俺は、お前と結婚するつもりで交際申し込んでるよ」

真剣な結城の眼差しに、ちょっと胸の奥がきゅん、となった。

そこまでちゃんと、私とのことを考えていてくれたのかと思うと、自然と頬が緩《ゆる》んでしまう。

そういえば私、ついさっき「結城の奥さんみたい」とか思ったばかりだよ。

だけど……うーん、結婚か……

私は隣にいる結城の顔をちらっと窺《うかが》う。

「私も結城のことは好きだし、その、ゆくゆくは結婚できたらなぁって思ってるよ。でも……」

「でも？」

結城が真面目な顔で、私の言葉を待つ。

「まだ早くない？」

にこっと結城に笑みを向けると、結城の顔から表情が消えた。

「……俺と結婚するの嫌か？」

思っていた以上にショックを受けている様子の結城に、私は慌てて言葉を続ける。

「そうじゃなくて！　せっかくちゃんと付き合い始めたんだし、もう少し恋人気分を楽しもうよ」

だって私、久しぶりの恋なんだもの。

今は結城との恋を、思いっきり楽しみたい気分なのだ。結婚はそれからでも遅くないんじゃないかな。

なのに、目の前の結城は、何故か頭を抱えて項垂《うなだ》れてしまった。

「……ここでまた返事保留とか、勘弁してくれ。じっと返事待ってるのも、結構こたえるんだぞ……」

「保留なんかしてないけど。だって私、結城以外の人と結婚するつもりないし」

きっぱりそう言ったら、結城ががばっと顔を上げる。

「マジで？」

「うん。私もう一緒にいるのは結城しか考えられないし」

「本当だな!?　あとでやっぱり結婚しない、とかナシだからな!?」

念を押すように詰め寄ってくる。彼のやけに必死な様子を見ていたら、なんだか笑いが込み上げてきた。

「ぷっ……あはは！　結城ったらすっごい焦ってる～～」

堪《こら》え切れなくて、つい噴き出してしまった。

笑われた結城は、一瞬ムッ、としたけどすぐに表情を柔らかくした。

「笑ってんじゃねえっ！　あと、結城じゃなくて陽人だろ！」

「あ、そうだった」

嬉しそうに頬を緩《ゆる》ませた結城が、まだ床に座り込んでいる私の頭をわしゃわしゃと撫でる。

そんな結城を見ていたら私もなんだか嬉しくなって、顔が綻《ほころ》んでしまう。

今こうして、結城と一緒に居られることを心から感謝する。

それもこれも、全てはあの夜があったから――

あの夜のことがあったから、結城のことを男として意識するようになった。でなければきっと、私は自分の気持ちにも気が付かなかっただろう。

人生には無駄なことなんか無いのかもしれないと思いながら、私は目の前の彼に勢いよく抱きつくのだった。

番外編　お願いごとは平身低頭で

その日、私は若菜を誘っていつものベーカリーカフェへ、ランチに行った。

本日のランチメニューはカツサンド。

サクサクした衣の分厚いトンカツがしっとりした食パンにサンドされている。お肉がとても柔らかいので、カツの厚みは気にならず美味《おい》しくいただいた。

クリームチーズとハムを挟んだバゲットサンドを頼んだ若菜は、固いバゲットを噛み切るのに悪戦苦闘していたが、とても美味しいと満足そうだった。

私は改めて、先週の前の飲み会で機転を利かせてくれた若菜にお礼を言う。

「あのとき、若菜が結城に連絡してくれたおかげで、誤解が解けたようなものだから。ほんと若菜様様だよ」

目の前の若菜から後光が差しているように見えて、私は両手を合わせて拝んだ。

「ちょっと、大げさだから！　でもよかったね。こうなったら結婚までトントントーンと進んじゃうんじゃない？」

ランチセットのアイスコーヒーを飲み、ふふふと笑う若菜は、なんだかとても楽しそう。

「そうだねぇ……結婚かぁ……」

私が窓の外を眺めながら、ほうっと息をつく。

「はっ！　まさか本当に、もう結婚の話が出てんの!?」

私の様子を見ていた若菜が驚いたような声を上げる。

「あっ、違う違う!!　そんな、付き合って間もないのにすぐ結婚なんかしないからっ」

慌てて否定したが、付き合いの長い若菜は簡単に誤魔化されてくれない。

「怪しいなあ……実は水面下で結婚の話し合いが進んでるんじゃないのお～？」

――ぎくり。

鋭い若菜の視線から目を逸《そ》らしつつ、私はイヤイヤと首を横に振った。

「そ、そんなこと無い無い!!　それに何か進展があればすぐに若菜に言うし！　私のことより若菜はどうなの？　真太郎君のお母さんとも仲良いんだし、いつでも結婚できちゃうんじゃないの？」

若菜と真太郎君も、ゆくゆくは結婚するつもりで付き合っているので、若菜はすでにちょくちょく彼の実家にお邪魔しているらしい。

器用な若菜のことだ、彼のご両親とも上手《うま》くやっているのだろう。

「あー、うん、まあね。タイミングを見て？　真ちゃんのお母さんは割とサッパリした人だし、私は一緒にいて楽だから助かってる。瑠衣、もし結城のご両親に会うことがあったら、第一印象が大事だからね！　上手くやんなよ」

「わ、分かった……」

そんな話をした数日後、事態は急に動き出した。

「今度の日曜だけど、実家に帰んなきゃいけないんだ。だから瑠衣、金曜の夜からうちに来ないか？」

仕事の後、待ち合わせして夕食を食べに来た和食処《どころ》。

席に案内されたところで、結城がそう聞いてきた。

そうか、この二週間は私と一緒に過ごしてて、実家に帰れなかったもんね。ちょっと寂しいけど仕方ないか。

私はこっくりと頷いた。

「それはいいけど……結城は大変じゃない？」

「俺は全然平気。っていうか、どっちかって言うと、お前と一緒に居る時間の方が大事」

「も、もう……」

メニューを見ながら何気なくそんな恥ずかしいことを言ってくるので照れてしまう。

実家かあ……

ぼんやり考えていた私の頭に、ふと、ある考えが浮かぶ。

「ねえ、私も結城の実家に一緒に行って、ご挨拶しちゃダメかな？」

「え」

結城が驚いたように目を見開いた。

「いやほら、結婚はまだだけど、一応結婚前提で付き合ってるわけだし、ちゃんとご挨拶しておいた方がいいかなって」

「俺としては願ったり叶ったりだけど、本当にいいのか？」

表情を改め、真剣な顔をした結城が念を押してくる。

「うん。一緒に行くよ」

私ははっきり首を縦に振る。

結城のプロポーズは一旦保留にしたものの、将来を見越したお付き合いを始めることには変わりない。それに……

本人はきっぱり否定していたけれど、結城のお母さんは彼が実家に戻ることを望んでるかもしれないのだ。

やっぱりお付き合いをする以上、そのあたりをはっきりさせなければいけないと思ったわけで。

果たして結城のお母さんは、私のことをどう思うだろうか。

将来自分のお姑《しゅうとめ》さんになる人だもの、嫌われないようにしなければ……

願わくは、結城のご家族といい関係を築きたい。

結城の実家に行く日まで、私はそのことばかりを考えて過ごした。


そうして週末。

今日の私の服装は、カットソーに膝より少し長めのスカートを穿《は》き、ジャケットを羽織った落ち着いたスタイル。

ちょっとでも好感度が上がるよう必死に考えたコーディネートで、マンションの前で彼の迎えを待っている。

結城のお父さんは胃潰瘍《いかいよう》で入院していたらしい。なので、手土産《てみやげ》をどうするか迷ったが、食べやすいゼリーの詰め合わせにした。ゼリーなら日持ちがするし、つるりとしていて喉越《のど》しがいいかと思って。

一応、今日伺《うかが》う名目《めいもく》は、お見舞いということにしてあるらしい。

『結婚を考えてる女性を連れて行く』

なんて言うと、最悪母親が会ってくれないかもしれない、なんて結城に言われて、実はちょっとびびってる。

結城って、お母さんから凄く愛されてるんだな。

そんなことを考えていると、結城の車がやって来た。

時間に正確な結城は、いつも待ち合わせ時間より少し早く到着する。今日もまた、きっちり待ち合わせの五分前だった。

車の中から私の姿を見つけ、ちょっと嬉しそうに笑った結城。その顔を見たら、胸がきゅん、としてしまった。

この笑顔に弱いぞ、私。

「お待たせ。乗って」

助手席のウインドウを下げてそう言った結城に頷き、私は車に乗り込んだ。

結城の実家は、ここから高速を利用して二時間くらいの場所にあるらしい。

お目にかかる前によくよく話を聞いたら、結城のお父さんは設計事務所を経営しながら地元の市会議員をしているそうだ。しかも、おじいさんは市長を務めていたこともあったらしく、聞けば聞くほど緊張が増す。

なにそれ。結城ったらいいとこのお坊ちゃんだったの？　ちっとも知らなかったよ。

「お父さん、今はもう大丈夫なの？」

「ああ、胃潰瘍以前に相当胃が荒れてたらしい。つい最近市議会議員選挙があったから、そのストレスだろうなぁ。今回は候補者が結構いたし、票が割れれば当選は厳しいかも……なんて言ってたから」

「そ、そうなんだ……で、結果は……？」

「ああ、無事当選した」

「凄い!!　おめでとう」

——しかし、なんだか私の知らない世界だわ……

ここで私は気がかりだったことを思い出した。

「そういえば、お母さんから毎日のように電話来るって言ってたじゃない？　あれは今も続いてるの？」

ハンドルを握りながら、結城がドリンクホルダーから缶コーヒーを取って口をつける。

「いや、最近は二、三日に一度くらいかな。そんなに話すこともないし。たぶん、頻繁《ひんぱん》に電話が来てたときは親父の付き添いに疲れてたんじゃないかな。きっと……俺に甘えてたんだと思う」

「そっか」

子供の頃に父が入院したときは、毎日のように母が病院通ってたなあ。帰ってきてぐったりしていた母の姿を、よく覚えてる。

「もしかしたら反対されるかもしれないけど、俺お前のこと諦めるつもりないから。それだけは覚えておいて」

私に言い聞かせるように、はっきりと結城が念を押す。真面目な彼の態度に私はうん、と大きく頷いた。

反対かぁ……されたらちょっと落ち込むかもしれないけど、私だって結城に対する気持ちは負けないつもり。だから、もし反対されたとしてもこの気持ちは変わらない。っていうか、変えない。

車は高速道路を順調に進み、結城の地元に入ってすぐのインターチェンジで降りた。しばらくすると閑静《かんせい》な住宅街に入り、一軒の大きな家のガレージに結城の車が吸い込まれるように停車した。

結城の実家は思っていた以上に立派なお宅だった。

お家は純和風建築木造二階建て。その周りをぐるりと塀が囲っていて、門扉《もんぴ》の横に木製の大きな表札が掲げられていた。

庭には手入れされた松などの針葉樹がバランスよく植えられ、小さな池まである。

私はそれを、放心状態で見つめた。

——池がある家って私の中では、時代劇のお代官様の家って認識なんだよね……

若干そんな現実逃避をしていたら「瑠衣」と名を呼ばれた。

「こっち来て」

「あ、うん」

結城が先に歩き出したので、私も覚悟を決めて彼の後に続く。

さすがに緊張で足がもつれそうだ。

結城が玄関の引き戸を開け、「ただいま」と言って中に入る。さすがに一緒に入るのはまずいかなと思って、私は中に入らず玄関の外でじっと待つ。

すると、それに気付いた結城が、私の腕を掴《つか》んで玄関に引き入れた。

「何やってんだ、お前も入れ」

「ちょ、ちょっと……！　私、後から入った方がよかったんじゃないの？」

「なんで？　大丈夫だよ、紹介したい人がいるとは言ってあるから」

「でも……」

そんなやりとりをしていたら、廊下の向こうからパタパタとスリッパの音が聞こえた。

ハッとそちらに顔を向けると、現れたのは結城によく似た面差《おもざ》しの女性……

「あ、母さん」

やっぱり！

私の背中が無意識に、ぴんっと伸びた。

「おかえり！　……と、そちらの方《かた》がもしかして、紹介したいっていう……」

私を見てから、結城に窺《うかが》うような視線を投げかけるお母さん。

「そう。こちら水無瑠衣さん。今俺がお付き合いさせてもらってる人」

「はっ、初めまして！　水無瑠衣と申します」

勢いよく頭を下げると、結城のお母さんはちょっと驚いた顔をした後、すぐに柔らかく微笑んだ。

「まあまあ、こちらの方が……。初めまして、陽人の母です。こちらこそ、いつも陽人がお世話になって……って、まあ、ここじゃなんだから、どうぞ上がってくださいな」

そのまま私達はリビングに案内され、そこで結城のお父さんと対面した。

Yシャツにスラックス姿の、優しい顔立ちのお父さんは私を見るなり、にっこりと笑って側に来てくれた。

「わざわざこんな遠くまでお越しいただいて申し訳ありません。陽人から話は聞いています。今回は私のせいで、あなたにも心配をかけてしまったようで、本当に申し訳ない」

「いえ、とんでもないです！　お元気になられたようで安心しました」

「いやあ面目《めんぼく》ない……健康に自信はあったんですが、お恥ずかしい限りです」

病後だからか、少しやつれた印象のある結城のお父さんは、そう言うなり頭を下げてきたので、慌ててしまった。

「で、親父。体はどうなの」

ソファーに腰掛けながら結城がお父さんの体調を尋ねる。私も勧められるまま結城の隣に座った。

「もうだいぶいい。食事も徐々に食べられるようになってるし、大丈夫だよ。母さんがこっちに帰って来いって無理言ったんだろう？　悪いな、陽人」

『母さんが』の辺りから、お父さんの声が小声になった。隣接するキッチンにいるお母さんに聞こえないように気を遣っているのだろう。

ともすると結城の声も自然と小声になる。

「俺、無理だって言ってるんだけど、なんとかこっちに帰って来れないかって、頻繁《ひんぱん》に電話くるんだよ。あれ、どうにかなんねーかな……」

結城が困ったようにため息をついた。そんな息子を見て、お父様も同じようにため息をつく。

「今回のことでは、随分と母さんには心配をかけてしまったからな……あまり強く言えないんだよ……」

「兄貴はなんて言ってるの？」

「雅人《まさと》か。あいつも何かあれば相談してくれと言ってる。それに、自分がいるから、仕事を頑張ってる陽人をわざわざ呼び戻す必要はないって話してるよ。だけど母さんが、陽人もこっちで一緒に生活した方がいいんじゃないかって言い出してな……まあ、昔っから陽人を可愛がっていたから、気持ちは分からなくもないんだが」

お父さんが申し訳なさそうに肩を竦《すく》める。

――つまり、近くに長男はいるものの、可愛い次男にもこっちに帰ってきてほしいというわけだな。

二人の話を横で聞きながら、なんとなく状況を理解した。

突然お父さんがご病気をされて、お母さんが心細くなる気持ちも分かる。そりゃ、何かあったときに頼れる息子が近くにいれば頼もしいだろう。

だけど、私はまだ仕事を辞めたくない。結城ともこれからずっと付き合っていきたいし、ゆくゆくは結婚もしたいわけで。

となると、お母さんには申し訳ないけど、結城には実家に帰ってほしくない。

そこで、キッチンにいたお母さんが、お茶の載ったトレイを手にリビングにやって来た。私達の前にお茶を置き、お父さんの隣に座った。

私と結城、お父さんとお母さんで向かい合う形になる。

ここで真っ先に口火《くちび》を切ったのは、息子の結城だった。

「あのさ、母さん。この前から話し合ってる件だけど、俺なりにいろいろ考えてはみたよ。だけど俺、責任のある仕事を任され始めたところだし、彼女と離れるつもりもないんだ。だから、今こっちに帰って来るのは、ちょっと考えられない」

結城は、言い聞かせるような優しいトーンでお母さんに訴える。だが、お母さんはそんな息子を一瞥《いちべつ》すると、手元のお茶に口をつけた。

「そりゃね。紹介したい人がいるだなんて陽人が言うくらいだから、きっと真剣にお付き合いしてるんだっていうのは分かってますよ。だけどね、この前お父さんがいきなり血を吐いて倒れたりしたでしょう。だから、この家に二人っきりっていう状況は、やっぱり不安だったりするのよ。できることなら、あんたに近くにいてほしいっていうのが、私の考えなの」

お母さんの考えを聞いたこの場にいる三人は、何を言っていいか分からなくて黙り込んだ。

気まずい沈黙が続くリビングに、お母さんのお茶をすする音だけが響き渡る。

「それと、将来のことだけどね、もしかしてもう結婚とか考えてるの？」

お母さんが発した『将来』という単語に反応して、びしっと私の背筋が伸びる。

「俺はそのつもりでいる」

結城がはっきりとお母さんに答えると、お母さんがすぐに口を開く。

「そう……でもね、陽人。私だって、陽人が好きな人と一緒になるのが一番いいとは思うのよ。だけど、まだ二十八歳でしょう？　何も今すぐ結婚を決めることはないと思うのよね」

お母さんの言葉を黙って聞きながら、ちょっと背筋がひんやりした。だってこれ、絶対、結婚のことを快《こころよ》く思ってないってことでしょ……！

思わず隣にいる結城の顔をちらりと見てしまう。すると、結城が「母さん」と身を乗り出すところだった。

「何も今すぐ結婚するっていうんじゃないんだ。俺達、まだ付き合ってそんなに時間も経ってないし、いずれはっていう意味で……」

「いずれって、それじゃあ本当に結婚するかどうかはまだ分からないってことね？」

「いや、結婚はする。母さんに反対されようと、俺はもう決めたから」

結城が毅然《きぜん》とした態度で、お母さんにきっぱりと自分の考えを言った。

「陽人……」

そんな結城の姿に驚いた様子のお母さんは、結城の名を呼んで彼を見つめた。

結城がそこまで言ってくれるのはとても嬉しい。もうほんと涙が出そうになるくらい嬉しいよ。

だけど寂しそうなお母さんを見ていると、なんだかやるせない気持ちになってしまう。

「二人とも感情的になるのはやめなさい。水無さんが困っているだろう。母さん、俺は大丈夫だから。陽人には好きなようにさせたらいいじゃないか。せっかく自立して仕事を頑張っているのに、親がそれを邪魔しちゃいかんだろう」

お父さんが二人の顔を交互に見ながら、落ち着いた口調で仲裁する。

「そう……じゃあ、私だけが我慢すればいいのね……」

ぼそっと呟《つぶや》いた後、きゅっと口を結びお母さんが黙り込んでしまった。

わ〜っ、どうしよう！　お母さん完全に落ち込みモード突入だよ。それを見て、結城もお父さんもはあ〜と困ったようにため息をついてるだけ。

私、お母さんと険悪になるなんて嫌だよ。どうやったらお母さんの気持ちが落ち着くのかな……いろいろ考えを巡《めぐ》らせ、必死に何かいい方法が無いか知恵を絞る。

誠意を見せて、かつお母さんに未来の嫁として認めていただくには、どうすればいいか——

ふと浮かんだのは、ある意味、究極の手段。

それこそ、今時こんなことやる人いるのかって躊躇《ちゅうちょ》しそうになるけど、今の私にはその方法しか思い浮かばない。やっぱ誠意を見せるって言ったら、これでしょう。

もうダメもとで、やるしかない！

私はおもむろにソファーから立ち上がると、床にひざまずいた。横にいる結城がぎょっとした顔をして私を見つめている。

私はそのまま床に手をつき、がばっと頭を下げた。

究極の手段――つまり、土下座。

「お……おいっ！　瑠衣。お前、何やってるんだよ」

「み、水無さん？　どうされたんですか、いきなり……」

慌てふためく結城とお父さんの声を聞きながら、私は息を大きく吸い込んだ。

「お母様。突然現れた他所《よそ》の娘に、手塩にかけて育てられた大切な息子さんを取られるのは、さぞかし腹立たしいことかと思います。ですが私も必死です。恥ずかしながら、ここ数年好きな人なんていなくて、女だってことを若干放棄していたんですが、息子さんが……陽人さんが私のことを見《み》初《そ》めてくださって、自分が女であることを思い出させてくれたんです」

「瑠衣……」

ここまできたらもう止まらない。私は思いの丈《たけ》を精一杯お母さんにぶつける。

「私、もう陽人さん無しの人生なんて考えられません。だから誓います。私、絶対に陽人さんを幸せにします。でも、陽人さんを幸せにするということは、お母様も幸せにならないといけないんです。お母様やお父様が寂しい思いをしないように、私も精一杯できることをしたいと考えております。なので……どうか、どうか陽人さんと一緒にいさせてください！」

言い終えた瞬間、リビングがシーンと静まり返る。

――あれ、もしかして私、やらかしちゃった……？

途中から自分でも何言ってんだか分かんなくなってきちゃったんだけど、まずったかな。

自分の気持ちをちゃんと伝えたいと思ったんだけど、こうも沈黙が続くとさすがに冷や汗が出てくる。

どうしよう……頭を上げるタイミングが分かんないよ――！

そのとき、私の隣で結城が動く気配がした。

彼は私と同じように床に正座して、両親に向き合う。その姿に私は呆気にとられた。

「ゆ、結城……」

「母さん、俺からもお願いします。俺ももう、こいつ以外と結婚するとか、考えられない。何かあればできる限り帰ってくるようにするし協力だってする。だから……」

そう言って結城が頭を下げた。

まさか彼がそんなことをするとは思ってなかったので、申し訳ないと思いつつも、嬉しくて涙がジワリと目に溜まる。

だめだめ。まだ泣く場面じゃない。

息子とその彼女が土下座、という異様な光景に結城のお父さんが慌てて立ち上がる。

「二人とも止めなさいって。そんなことまでしなくていいんだよ、ほら、母さん！　なんとか言ってやらないと……」

「ふっ」

顔を上げた私達の耳に届いたお母さんの声に、私と結城と、そしてお父さんの視線が集中する。

「か、母さん？」

お父さんが俯《うつむ》くお母さんの顔を覗《のぞ》き込む。お母さんの顔は、何故か真っ赤になった。

「ふっ……ふふふ……お、可笑《おか》しい……なんでいきなり土下座……面白いわ瑠衣さん……ふっ、うふふふ……」

お母さんが、静かに肩を震わせて笑っていらっしゃる……

しばらく笑い続けたお母さんだったが、笑いを収めた彼女は態度を一変させた。

というか……

「さっきのあれ、演技よ演技。ごめんなさいね、驚かせて」

ケロリとこんなことを言い出したので、思わずコントみたいに後ろにひっくり返りそうになった。

「母さん！　いい加減にしろよ！」

結城もこれにはさすがにムカッとしたようで、声を荒らげた。

お父さんはぐったりとソファーに凭《もた》れ、無言のまま顔を手で押さえている。

「ごめんって謝ってるでしょ。だけどこうやって笑えるようになったのは、最近なのよ。それまでは凄く不安で、陽人に帰ってきてほしいと思ってたのは本当」

「思ってた？」

結城が怪訝《けげん》そうに尋ねた。

「そうよ。ここ最近雅人がねぇ、暇さえあれば電話してくれて話を聞いてくれるようになったの。それでね、ちょっと考えが変わってきたのよ」

「兄貴が……」

結城が意外そうな顔をした。

「こんな可愛い人見つけてお嫁さんにしたいだなんて。私の知らない間に陽人はすっかり大人になったのねえ……」

結城を見ながらウンウン頷いてるお母さんに、私の緊張がほぐれていく。

「瑠衣さん、ごめんなさいね。陽人はお兄ちゃんと違って昔から内向的で、都会での生活は大変なんじゃないかと思ってね。この機会に戻ってくればいいと思ってたんだけど、杞憂《きゆう》だったわね」

その言葉に、不機嫌だった結城の顔が複雑そうに歪《ゆが》む。

「母さん……演技するならするで、最初にそう言っておいてくれよ……」

お父さんが疲れた顔で物申す。でもお母さんはそんなお父さんにぴしゃりと言い返した。

「あら、だめよ。お父さんすぐ顔に出るから！　それに、陽人が連れてきた女の子如何《いかん》によっては、本気で結婚反対するつもりだったし。だけど土下座までしてあんなこと言われちゃうとね……嬉しかったわ。ありがとうねぇ、瑠衣さん。陽人のこと、よろしくね」

「は、はい……！　ありがとうございます。大事にします……！」

「いやそれ、俺のセリフだから」

横にいる結城が、私とお母さんを見ながら力なくそう呟《つぶや》いた。

よかった！　途中どうなることかと思ったけど、なんだか結果的に受け入れてもらえたっぽいよ。

他の三人に気付かれないよう、小さく胸を撫で下ろした。

それからお母さんが用意してくれた料理を皆で楽しくいただく。

食事の間、お母さんはお父さんが倒れてからの数週間が、どれだけ大変だったかを熱く語った。

「もう、びっくりしたわよ。入院して検査して、その結果が出るまで本当に怖くてねぇ。で、家に帰れば一人でしょう？　あんまり心細いから、雅人に電話したのね。でもあの子、特に用事がないなら切るよって、すぐ電話切っちゃうのよ。だから、悪いと思ったけど、陽人のところに電話してずっと話を聞いてもらってたの」

「ほんとに一時間近く一人で喋《しゃべ》ってたからな。俺はただ聞いてるだけだったけど」

なるほど。だから平日の夜も忙しかったわけか。

話を聞きながら、お母さんが作ってくれた料理を遠慮なくいただいていく。

季節野菜の天ぷらに、手作りらしい甘酸っぱいソースをかけた煮豚。レンコンに鶏ひき肉を挟んだ揚げものに、ポテトサラダ、五目炊き込みご飯。これはどれも結城の好物らしい。

きっと、結城が帰ってくるからって張り切ったんだろうな。

どの料理も愛情たっぷりで、すごく美味《おい》しい。

結城って、お母さんに愛されてるんだなぁってしみじみ感じた。

こりゃますます嫁の責任は重大だぞ。

まだ結婚したわけでもないのに、その気になっている自分に笑ってしまった。

歓談タイムの中で分かったのは、結城のお兄さんの雅人さんは税務署勤務の公務員らしい。

ここから車で十分くらいの場所に家を建て、奥さんとお子さん二人の四人で暮らしているのだそうだ。もの凄く仲良くもないけど、会えばそれなりに話をする、普通に仲が良い兄弟。結城の口ぶりからは、そんな兄弟仲が窺《うかが》えた。

挨拶も無事済み、お昼もたらふくいただいたので、そろそろ結城家をお暇《いとま》することになった。

結城と玄関に向かって歩き出したところで、チョイチョイ、とお母さんに手招きされる。

なんだろう、と思って近づいていくと、小ぶりの紙袋を差し出された。

「これね。うちの近くにあるお菓子屋さんのきんつばなの。陽人がね、これ好きなのよ。だから瑠衣さん、よかったら一緒に食べて？」

「わっ、ありがとうございます！　私もきんつば大好きです！」

お母さんから紙袋を受け取りつつ、笑顔でお礼を言う。

結城って、きんつば好きなのね～！　新情報ゲット！

お母さんはどこかホッとしたように柔らかく微笑んだ。

「よかった。若い方だからチーズケーキとか、お洒落《しゃれ》なものにすればよかったかしらって思ってたんだけど……。なんとなく瑠衣さんなら喜んでくれるんじゃないかと思って」

「あはは。バレました？　私和菓子大好きなんです」

ううむ。お母さん、すでに私の嗜好《しこう》を見抜いているっぽい。まあ、いきなり土下座するような人間だし、なんかこの子ちょっと変わってるなって思われたかもしれないけど。でもそれが私だから。

「じゃ、瑠衣さん、陽人のことよろしくね。何か困ったことがあったら遠慮なく相談してきてね」

「は、はい……！　ありがとうございます！」

直接そう言われると、何だか身が引き締まる思いがした。

帰り際、わざわざ二人して外に出てきてくれて、私達の乗った車が見えなくなるまで手を振ってくれた、結城のご両親。思っていた以上にいい人達だった。

かなり緊張した結城のご両親との初顔合わせだったけど、優しいご両親に結城の彼女としてちゃんと認めてもらえて、来てよかったと心から思えた。


「しっかし、母さんがあんな芝居するとは思わなかった。おかげでえらく恥ずかしいこと言った気がする……まったく」

運転しながら、結城がガシガシ頭を掻いた。そんなことを言ったら、私だって相当恥ずかしいこと言ったんだけど、とこっちまで恥ずかしくなる。

だけど、あのとき結城が言ってくれたことは、かなり私を喜ばせてくれたのだ。

思い出すとにんまりと頬が緩《ゆる》む。

「……なにニヤニヤしてるんだよ」

「うん？　結城君の愛の告白の数々を思い出して、反芻《はんすう》してるとこ！」

「お前〜〜！」

運転席から手が伸びてきて、私の頭をぐしゃぐしゃと掻き回した。

思いがけない反撃に、私は狭い空間の中必死で逃げる。

「きゃーっ、やめてよっ!!」

「それ言うんだったらなあ、お前の方がもっとこっぱずかしいこと言ってんだぞ。大体、あそこでなんでいきなり土下座なんだよ！　見た瞬間、目玉が飛び出るかと思ったわ」

うっ、確かに。今思うと私相当恥ずかしいこと言ったりやったりしてた。

それこそ、結城にまだ言ってないようなことまで。

でも、必死だったんだもの。どうにかしてお母さんに結城とのこと認めてもらわなくちゃって。

だから自分でも意外な行動に出ちゃったんだけど。

「だってさ～、結城に対する気持ちは誰にも負けないよっていう私の思いを、確実にお母さんに分かってもらいたくて。その方法をいろいろ考えてたら、時代劇的究極手段の土下座かな、みたいな？」

「そこでなんで時代劇が出てくるんだろうな」

結城がガクッと脱力する。

「分かりやすいでしょ？　下手《へた》に言葉で取り繕《つくろ》うより、全身で『お願いします！』って言ってるみたいだし」

笑いながら私が答えると、結城も一緒になって笑い出した。

「お前らしくていいや」

「褒《ほ》め言葉と受け取らせていただきます……」

でもよかった、これで正式に結城の婚約者としてお付き合いが始まるんだ。

婚約者ってなんかいいな！

結城にバレないように一人でニヤニヤしていたら、彼が正面を見据えたままぼそっと一言。

「さっきのセリフ、家に帰ったらもう一回言って？」

「えっ？　さっきのってどれ？」

どの言葉を指しているのか分からなくて、首を傾《かし》げて彼の横顔を見つめる。

私の視線に気付いた結城が、チラとこちらを見た。

「『陽人さん無しの人生なんて考えられない』、ってとこ」

言い終わってすぐ、結城がにやりと微笑んだ。

「〜〜〜!!」

瞬時に顔に熱が集中したのが分かる。

あんな恥ずかしいセリフ、直接なんて言えるはずない！

私はニヤニヤ笑う結城の隣で、真っ赤になった顔を覆《おお》う。

そんな私をチラッと横目で窺《うかが》うと、結城が前を見たままきっぱりとした口調で言った。

「また改めてするよ、プロポーズ。だから楽しみに待ってて」

「……うん」

ここぞというときに気配りができる男、結城陽人。彼が言うんだから、きっと素敵なプロポーズをしてくれるに違いない。

私は優しく微笑む彼の隣で、ちょっとずつ花嫁になる準備をしながら、のんびりとそのときを待とうと決心したのだった。

〜大人のための恋愛小説レーベル〜

エタニティブックス
ETERNITY

エタニティブックス・赤

極上男子からHのお誘い!?
誘惑トップ・シークレット

加地《かじ》アヤメ

装丁イラスト／黒田うらら

年齢＝彼氏ナシを更新中の地味OL未散《みちる》。ある日彼女は、社内一のモテ男子・笹森《ささもり》に酔ったはずみで男性経験のないことを暴露してしまう！　すると彼は、自分と試せばいいと部屋に誘ってきて!?　あれよあれよと笹森と交際することになった未散だが、彼からこの関係は社内では絶対秘密と伝えられ……？　恋愛初心者と極上男子とのキュートなシークレット・ラブ！

※エタニティブックスは大人の女性のための恋愛小説レーベルです。ロゴマークの色で性描写の有無を判断することができます（赤・一定以上の性描写あり、ロゼ・性描写あり、白・性描写なし）。

詳しくは公式サイトにてご確認ください。
http://www.eternity-books.com/

携帯サイトはこちらから！

～大人のための恋愛小説レーベル～

ETERNITY
エタニティブックス

月夜にだけカラダを繋げる!?
月夜に誘《いざな》う恋の罠

エタニティブックス・赤

月城《つきしろ》うさぎ

装丁イラスト／アオイ冬子

ひたすら男運が悪い、29歳の櫻《さくら》子《こ》。男性に幻滅し生涯独身を決意するも、血を分けた子どもは欲しかった。そして彼女は、ある結論に辿り着く。「そうだ！　結婚せずに、優秀な遺伝子だけもらえばいいんだ！」櫻子は、ターゲットを自身の秘書である早《さ》乙《おと》女《め》旭《あさひ》に定め、彼の子を妊娠しようと画策する。だけど襲うはずが、逆に旭に籠絡されて……!?

※エタニティブックスは大人の女性のための恋愛小説レーベルです。ロゴマークの色で性描写の有無を判断することができます（赤・一定以上の性描写あり、ロゼ・性描写あり、白・性描写なし）。

詳しくは公式サイトにてご確認ください。
http://www.eternity-books.com/

携帯サイトはこちらから！

〜大人のための恋愛小説レーベル〜

ETERNITY
エタニティブックス

課長のフェチは重症!?

愛されてアブノーマル

エタニティブックス・赤

柳月《りゅうげつ》ほたる

装丁イラスト／絲原ようじ

平凡なOLの奈《な》津《つ》は、上司の真《ま》山《やま》課長に片想いしていた。しかし彼は女性社員達の憧れの的。地味な自分の想いは、到底叶わない……そう思っていたところ、とある事件をきっかけに二人は急接近し、めでたく恋人同士に！

——しかしその直後、とんでもない事実が発覚する。なんと彼は〝かなり〟特殊な性癖の持ち主で!?

※エタニティブックスは大人の女性のための恋愛小説レーベルです。ロゴマークの色で性描写の有無を判断することができます（赤・一定以上の性描写あり、ロゼ・性描写あり、白・性描写なし）。

詳しくは公式サイトにてご確認ください。
http://www.eternity-books.com/

携帯サイトはこちらから！

～大人のための恋愛小説レーベル～

ETERNITY

エタニティブックス

恋人契約は溺愛トラップ!?

迷走★ハニーデイズ

エタニティブックス・赤

葉嶋《はしま》ナノハ

装丁イラスト／架月七瀬

勤め先が倒産し、失業してしまった寧々《ねね》。けれどそんな人生最悪な日に、初恋の彼と再会！　素敵になった彼に驚いていると、なんと彼から、「偽りの恋人契約」を持ちかけられる。どうやら彼は、自身のお見合いを壊したいらしい。寧々は悩んだ末に恋人役を引き受けたのだけど――高級マンションを用意され、情熱的なキスまでされて!?

※エタニティブックスは大人の女性のための恋愛小説レーベルです。ロゴマークの色で性描写の有無を判断することができます（赤・一定以上の性描写あり、ロゼ・性描写あり、白・性描写なし）。

詳しくは公式サイトにてご確認ください。
http://www.eternity-books.com/

携帯サイトはこちらから！

加地アヤメ（かじ あやめ）
2014年よりwebサイトにて恋愛小説を公開。趣味はショッピングと神社仏閣巡り。「誘惑トップ・シークレット」にて出版デビューに至る。

イラスト：日羽フミコ

本書は、「ムーンライトノベルズ」(http://mnlt.syosetu.com/) に掲載されていたものを、改題・改稿のうえ書籍化したものです。

ラブ♡アクシデント

加地アヤメ（かじ あやめ）

2016年8月31日初版発行

編集－本山由美・羽藤瞳
編集長－塙綾子
発行者－梶本雄介
発行所－株式会社アルファポリス
〒150-6005東京都渋谷区恵比寿4-20-3恵比寿ガーデンプレイスタワー5階
TEL 03-6277-1601（営業） 03-6277-1602（編集）
URL http://www.alphapolis.co.jp/
発売元－株式会社星雲社
〒112-0005東京都文京区水道1-3-30
TEL 03-3868-3275
装丁イラスト－日羽フミコ
装丁デザイン－ansyyqdesign
印刷－大日本印刷株式会社

価格はカバーに表示されてあります。
落丁乱丁の場合はアルファポリスまでご連絡ください。
送料は小社負担でお取り替えします。
©Ayame Kaji 2016.Printed in Japan
ISBN 978-4-434-22346-4 C0093